„…es gibt wohl nur eines [ein Wort], welches das Rätsel in allen
Teilen wirklich löst."
Albert Einstein
(Aus Meinen Späten Jahren, 2005, S.69)

"Sci-Fi-Leser sollten die Serie nicht verpassen."
Readers' Favorite® 5-Star Review

EINSTEIN

SUPERSTAR CODE 4
KRIEG oder LIEBE

**Ein Sci-Fi Action-Comedy Roman
inspiriert von Albert Einsteins bahnbrechenden Entdeckungen
zur grundlegenden Rolle der Lokalen Symmetrie in der Natur
(dem Kosmos)**

Geschrieben von
George Hohbach

Illustrationen und Fotos von
George Hohbach

Holistische Beraterin
Ehrengard Hohbach

Musik & Text des Popsongs *OUR AGE OF FREEDOM*
von
George Hohbach

Arrangement des Songs und Notenblatt von
Alfred Huff

Mit Blick auf die Veröffentlichung des Buches haben 2025 George und Ehrengard Hohbach 100 Bäume in Kenia für die Initiative „*Plant Trees for Impact*" mit der Umweltstiftung *One Tree Planted* gepflanzt.

Haftungsausschluss: Die Informationen wurden mit größter Sorgfalt zusammengestellt. Für den Inhalt dieses Buches, insbesondere für die Vollständigkeit, Richtigkeit und Aktualität der Informationen, übernehmen weder die Autoren noch der Verlag noch die in diesem Buch genannten Personen, Unternehmen oder Organisationen eine Haftung. Die Nutzung dieser Informationen erfolgt auf eigene Verantwortung des Lesers. Die Geltendmachung von Ansprüchen jeglicher Art ist ausgeschlossen.

Bibliografische Information der Deutschen Nationalbibliothek:
Die Deutsche Nationalbibliothek verzeichnet diese Publikation in der Deutschen Nationalbibliografie; detaillierte bibliografische Daten sind im Internet über http://dnb.dnb.de abrufbar.

Verlag: BoD · Books on Demand GmbH, In de Tarpen 42, 22848 Norderstedt, bod@bod.de
Druck: Libri Plureos GmbH, Friedensallee 273, 22763 Hamburg

ISBN: 978-3-7597-6717-2

FSC
www.fsc.org

MIX
Papier aus verantwortungsvollen Quellen
Paper from responsible sources
FSC® C105338

INHALT

TEIL 1
DER ROMAN – S. 1

EINSTEIN SUPERSTAR CODE 4
KRIEG ODER LIEBE

TEIL 1

EINSTEIN

SUPERSTAR CODE 4
KRIEG oder LIEBE

„Nach unserer bisherigen Erfahrung sind wir nämlich zum
Vertrauen berechtigt, dass die Natur die Realisierung des
mathematisch denkbar Einfachsten ist."
Albert Einstein
(Zur Methodik der Theoretischen Physik, der Herbert-Spencer
Vortrag, 10 Juni 1933)

KAPITEL 1

„Was ist?", fragte Abe Crystal seine Frau Ati, die plötzlich aufgewacht war und mit weit aufgerissenen, verträumten Augen ins Leere starte.

„Ich weiß es nicht", sagte sie, während sie sich in dem schönen, sonnendurchfluteten Raum umsah, wo sie auf einem riesigen Sofa eingeschlafen war.

In dem Zimmer, inklusive der Hotelsuite selbst, war alles von enormer Größe, da die Anlage für extrem riesige Menschen gebaut worden war.

„Wie lange habe ich geschlafen? Ich wollte nur ein kleines Päuschen machen, bevor wir unsere Präsentation geben."

„Du bist sofort nach dem Frühstück eingenickt. Es ist der Jetlag", sagte Abe. „Der Flug von unserem Planeten Local im LOSY-System zum Planeten Xaratat war ein ziemlich langer Trip, Schatz, selbst mit unserer Abkürzung durch das verrückte Wurmloch, das alles nach gegrilltem Käse in unserem Raumschiff riechen ließ."

Ati kicherte. Abe setzte sich neben sie und gab ihr einen

liebevollen Kuss. Beide sahen aus dem Fenster auf den schönen See vor dem 5-Sterne-Hotel. Behutsam kuschelte sich Ati näher an Abe und hielt seine Hand.

„Als ich schlief, hörte ich eine wunderbare, sphärische Musik. Noch nie zuvor habe ich so einen magischen Klang gehört."

„Nun, für alles gibt es ein erstes Mal. So wie für durchgeknallte Energie-Wurmlöcher, welche dich nach Käse riechen lassen. Die Delegation von Xaratat, die uns empfing, musste gedacht haben, dass wir in einer Käsefabrik ohne Geruchskontrolle leben."

Beide mussten wieder lachen.

„Nein, Abe, wirklich. Dieser Klang, diese fantastische Musik…Es war so, als würde sie mir etwas ankündigen…"

Eine sanfte Klingel war zu hören und vermittelte, dass jemand an der Türe der riesigen Suite war.

„Vielleicht hast du nur vom Zimmerservice geträumt."

„Sehr geistreich. Bist du soweit?", fragte Ati.

„Klärchen. Und Du?"

„Sicher", sagte Ati und zog ihren himmelblauen Blazer, welcher mit ihren schönen blauen Augen harmonierte, an. Schnell langte Ati nach der kleinen Holzschachtel in der Tasche ihres Blazers; nur um sicher zu sein, dass sie diese nicht vergessen hatte.

„Guten Tag, Mr. und Mrs. Crystal", grüßte der drei Meter große, junge Mann mit seinen drei Augen im Gesicht, die als Trio arrangiert waren, mit dem dritten Auge direkt zwischen dem linken und rechten. Sein Kopf mit den dicken schwarzen Haaren, die dank des mächtigen Einsatzes von extra viel Gel ziemlich senkrecht nach oben standen, präsentierte ein breites Lachen, als Abe die Türe zur Suite öffnete.

„Ich bin Xoro-Mal-Ban-Kaffa-Meil-Xor", stellte sich der junge Mann im roten Anzug mit seinem hörbaren Akzent vor. „Ich bin ihr persönlicher Assistent während ihres Aufenthaltes auf Planet Xaratat. Ich bin hier, um sie für ihre Präsentation zum Hörsaal zu begleiten."

„Das ist sehr nett, Xoro…"

„Xoro-Mal-Ban-Kaffa-Meil-Xor, Mr. Crystal. Aber nennen sie mich doch einfach Xoro. Macht das Leben leichter."

„Absolut. In der Kürze liegt die extra Würze."

„Bitte, folgen Sie mir", sagte Xoro und marschierte los.

„Sogar ihre Namen sind XXL", flüsterte Ati.

„Na ja, mal ehrlich, Riesen brauchen eben auch riesige Namen, gelle", flüsterte Abe zurück. Beide mussten ihr Lachen unterdrücken.

Ati und Abe gaben sich alle Mühe mit dem Riesen, mit dem ewig langem Namen, Schritt halten zu können. Xoro preschte zügig durch den enormen Korridor, der für Ati und Abe aufgrund seiner Größe mehr wie eine breite Straße in einem Tunnel aussah.

„Ist alles OK, Mr. und Mrs. Crystal? Bin ich zu schnell?"

„Nicht doch. Wir sind noch nicht mal lauwarm gelaufen, nicht war, Puddelhäschen?" Abe zwinkerte rüber zu Ati, die Kosenamen wie „Puddelhäschen" in der Öffentlichkeit gar nicht mochte.

„Alles ist super, Xoro. Kann nur sein, dass Honigbärchen hier noch etwas müde wirkt." Ati grinste zurück zu Abe. „Wahrscheinlich die komische Energie des Wurmlochs, durch das wir kamen, es..."

„Ich weiß", nickte Xoro, "wir hätten sie deutlicher warnen sollen, was die seltsamen Nebenwirkungen anbelangt, die Weltraumreisende durch die Wurmlochenergie erfahren. Manche bekommen sogar Halluzinationen und denken, dass sie auf der Decke von Räumen gehen können, oder dass man niemals Hosen tragen dürfte."

„Wow?!", sagte Ati, „sie meinen…"

„Aber hallo. Ja, wir hatten Besucher, die zu uns kamen und ihr Raumschiff in Unterhosen verließen."

„Da haben wir bei dir ja richtig Glück gehabt, was, Tigerbärchen?", schmunzelte Ati zu ihrem Ehemann hinüber.

„Haha, schon wieder ein guter Witz", entgegnete Abe.

„Darum nennen wir das Wurmloch auch *Bollobollobarcum*, was übersetzt in ihre Sprache so viel heißt wie: *Kann allerlei frustrierende Frustrationen erzeugen.*"

„*Bollobollobarcum.* Ich werde mich daran erinnern, wenn ich meine nächste Steuererklärung mache oder mir unser Staubsaugroboter, den meine Frau unbedingt im

Sommerschlussverkauf kaufen musste, wieder fünf Mal gegen mein Schienbein donnert", schmunzelte Abe.

„Vielleicht hat das damit zu tun, dass dein Humor so verstaubt ist."

„Wir dachten", fügte Xoro hinzu, ohne auf Atis und Abes kleinen verbalen Schlagabtausch einzugehen, „da sie ein so fortschrittliches Bewusstsein vom Kosmos und seiner geistigen Grundlage haben, dass sie besser mit der erstaunlich seltsamen Wurmlochenergie zurechtkommen werden als andere."

„Das ehrt uns geradezu über-hyper-dimensional", erwiderte Abe.

„Ich hoffe auch sehr, dass wir mit der Energie gut zurechtkommen", meinte Ati und sah etwas besorgt zu Abe hinüber, als sie den übergroßen Aufzug betraten. Xoro drückte den Knopf mit der Aufschrift „Hörsaal".

„Xoro, Kumpel", räusperte sich Abe, „wenn Ati und ich unsere Präsentation in knapp ein bis zwei Minuten geben werden, welche nebenbei auch für die gesamte Bevölkerung von Xaratat übertragen wird, dann besteht da keine Gefahr, dass wir irgendwelche schrägen Nachwirkungssensationen aufgrund der Wurmlochenergie haben werden, die uns ungewöhnlich blödes Zeug machen lassen, wie, sagen wir, rückwärts sprechen, oder so tun, als wären wir eine nervige, losgetretene Alarmanlage, oder so was?"

„Nein. Deshalb haben sie von uns gleich nach der Ankunft den

6

speziellen, roten Drink bekommen. Er ist das perfekte Heilmittel für alle unvorhersagbaren Wurmloch-Schluckauf-Problemchen, wie wir hier sagen. Der Wundertrank besteht aus dem Blut hoch giftiger Frösche und super tödlicher Pilze."

„Was?!", japste Ati fassungslos.

„Panik ist überhaupt nicht angesagt, nur weil ich davon sprach, dass sie tödliche Gifte tranken. Zur Sicherheit haben sie nämlich nach dem roten Trank gleich den grünen bekommen. Sicherheit hat bei uns auf Xaratat wirklich überhaupt gar niemals Ferien."

„Gute Idee", bemerkte Abe.

„Wollen sie wissen, was in dem grünen Glibber-Trink war?"

„Nein. Nicht wirklich", lehnte Ati höflich ab. „Da wir beide noch ziemlich lebendig sind, bin ich mir sicher, dass die Zutaten der grünen Sülze alle sehr einzigartige Namen haben und super toll sind."

„Genauso ist es, Mrs. Crystal, genauso. Ich sehe, sie haben sich hier schon richtig gut akklimatisiert."

Ein Klingelton war zu hören. Sie waren angekommen.

„Welch mächtige Freude im Aufzug. Wir haben die Ebene des Hörsaals erreicht, Mr. und Mrs. Crystal. Sind sie bereit? Aufgeregt?"

„Darauf kannst du wetten, Xoro. Wir sind sogar mehr als nur normalo nervösohopski", bestätigte Abe und sah zu Ati.

„Na dann. Auf geht's, Honigbärchen!"

KAPITEL 2

Mit tosendem Applaus wurden Ati und Abe in dem XXL-Hörsaal willkommen geheißen. Laute HAHAHA-Klänge der Männer und ohrbetäubende Runden von HOHOHO der Frauen im Publikum erzeugten eine überwältigende Atmosphäre.

„Willkommen, Mrs. und Mr. Crystal!", rief eine extragroße Frau auf der Bühne applaudierend, während Abe und Ati zu ihr kamen. Xoro blieb im Backstage-Bereich – wo Abe und Ati gerade zwei Mikrophone an ihre Kleidung geheftet bekommen hatten – und zeigte den beiden die Winner-Daumen.

Die schiere Größe des schwach beleuchteten Hörsaals war mächtig beeindruckend und es schien als würden viele zehntausende Menschen darin Platz haben. Augenblicklich verspürten Ati und Abe wie Lampenfieber ihren Rücken hochkroch. Helle Scheinwerfer an der Decke wurden direkt auf sie gerichtet und laute Musik erfüllte den Raum, während sie zu der riesigen Frau auf der Bühne gingen.

„Hallöchen-Hallo, ihr beiden!", begrüßte sie ihre Gastgeberin, als die Musik zusammen mit dem donnernden Applaus und den

HAHAHAs und HOHOHOs der Zuschauer wieder verstummte.

„Was für eine Ehre euch beide hier bei uns zu haben!"

„Die Freude ist ganz auf unserer Seite", sagte Abe, „was für eine fantastische Begrüßung, ehrlich, Leute! Ganz stark!"

„Ihr würdet locker jeden Cheerleader-Wettbewerb in unserer Galaxie gewinnen!", fügte Ati hinzu, was die Zuschauer prompt wieder zu HAHAHAs und HOHOHOs inspirierte.

„Wir sind alle soooowas von voller Erwartung!", sagte die Gastgeberin, „bitte schießt lost mit eurer Präsentation!"

Mit diesen Worten huschte die Riesendame davon und ließ Abe und Ati allein auf der super großen Bühne in dem extrem großen Hörsaal. Alle Lichter gingen aus, bis auf jene, die Abe und Ati anstrahlten. Obwohl die beiden schon viele Präsentationen auf zahllosen Planeten gegeben hatten, fühlten sie diesmal eine merkwürdige Nervosität durch ihre Körper vibrieren. Vielleicht war es nur eine Nebenwirkung der Wurmlochenergie.

Routinemäßig drückte Abe den Knopf der Fernbedienung, um die Präsentation zu starten. Hinter ihnen auf der mächtigen Leinwand erschien ein Bild von den beiden, zusammen mit ihren Namen.

„OK, Leute, das sind wir. Ich, Abe, und meine wunderbare Frau Ati."

„Wie ihr wisst", fuhr Ati fort, „kommen wir aus dem LOSY-System, wobei LOSY die Abkürzung für **LO**kale **SY**mmetrie ist: das Thema unseres heutigen Vortrages."

„Wenn wir auf Trips zu anderen Planeten sind, um von der Lokalen Symmetrie zu berichten", erklärte Abe, „werden wir oft wie VIPs behandelt, so wie hier bei euch mit eurer super Gastfreundlichkeit. Aber, wir sind keine VIPs. Wir sind extrem supernormal – so, wie alle anderen. Wir lachen, essen, trinken, wie alle, wir popeln in der Nase und furzen ausversehen bei Großmutters Geburtstag."

Ein lautes Lachen schallte durch den Saal.

„*Du* machst das mit dem Furzen, Schätzchen. Nicht *wir*", korrigierte Ati.

„Dabei hast *du* mir doch immer erklärt, dass *wir* als vorbildliches Ehepaar immer alles gemeinsam machen sollten!"

Wieder kicherten die Zuhörer in mehreren aufeinanderfolgenden Wellen. Mit Stand-up-Comedy hatten sie in einem Vortrag zur Lokalen Symmetrie, dem Grundprinzip der Natur, nicht gerechnet.

„Okay. So viel Spaß es auch machen mag, sich über die Blähungen anderer Leute zu unterhalten, lasst uns jetzt alle einmal zur Entspannung tief einatmen…"

Eine Explosion von lautem Lachen schoss aus dem Publikum hervor, gefolgt von mehr HAHAHAS und HOHOHOs.

„Abe, Liebling. Du kannst doch nicht einfach Witze über Blähungen machen und dann sagen, wir sollen alle mal tief einatmen…"

Die Zuschauer krümmten sich vor Lachen. Sie begannen mit ihren riesigen Füßen zu trommeln – so viel Spaß hatten sie.

Ati flüsterte zu Abe hinüber: „Ich glaube du hast es diesmal mit deinen Eröffnungswitzen übertrieben."

„Nun ja, das sind mächtig große Wessen hier", antwortete Abe, „da wollte ich schon einen gigantischen ersten Eindruck machen."

Plötzlich ging das Licht aus. Alles war stockdunkel. Aber nur für den Bruchteil einer Sekunde. Es war dennoch Schock genug, um alle zum Schweigen zu bringen. Abe und Ati waren für einen Moment auch still, denn auch sie hatte der Stromausfall sehr überrascht.

„Nun, meine Lieben, ich nehme an, das war unsere erste kurze Pause. So, dann können wir ja mit unserer fünf Stunden langen Präsentation weiter machen."

***

Zur gleichen Zeit, im Hauptquartier der Raumfahrtbehörde von Xaratat, starrten mehrere Offiziere auf den großen Monitor der Kommandozentrale. Wo war die plötzliche Fluktuation aus dem Hyperraum hergekommen?

***

Unterdessen gingen Abe und Ati im Hörsaal direkt dazu über, ihren Vortrag zur Lokalen Symmetrie zu beginnen:

„Ernsthaft", sagte Abe, „keine Panik, der Vortag dauert keine fünf Stunden, nur ca. 30 Minuten. Drum lasst uns jetzt damit beginnen, über das wahnsinns-coole Kernprinzip der Natur, die Lokale Symmetrie, welche Albert Einstein durch seine wissenschaftliche Arbeit entdeckte, zu sprechen. Lokale Symmetrie war der sprichwörtlich leitende Nordstern auf unserem ehemaligen Heimatplaneten Erde, seit die moderne Wissenschaft durch den Universalgelehrten Galileo Galilei dort eingeleitet worden war."

„Lokale Symmetrie, Leute", fuhr Ati fort, „ist alles, überall: Wenn ihr Pizza mögt, dann ist Pizza Lokale Symmetrie, Freunde. Auch das Herstellen der Pizza ist Lokale Symmetrie."

Hologramme von fliegenden Pizzas wurden auf die Bühne projiziert, um Atis Worte zu ergänzen. Dann übernahm Abe wieder:

„Ihr mögt Fußball: Das ist Lokale Symmetrie. Du magst deinen Freund, deine Freundin, deine Familie. Lokale Symmetrie."

„Ihr mögt Raumschiffe. Wieder Lokale Symmetrie. Ihr liebt es, Raumschiffe zu fliegen, genießt es Sterne, Planeten und Galaxien zu beobachten. Wieder habt ihr zu 100 Prozent: Lokale Symmetrie."

Während fliegende Pizzas, Fußbälle und Raumschiffs den Hörsaal füllten, beendete Abe den Gedankengang:

„Anders gesagt, Freunde: Lokale Symmetrie ist überall alles!"

Die Multimedia-Präsentation hatte die Zuschauer ganz in ihren Bann gezogen und das Publikum belohnte dies mit einer Runde Applaus zusammen mit typischen HAHAHAs und HOHOHOs. Die

Neugierde der Zuhörer war deutlich wahrnehmbar.

„Ihr Leute seid eine absolut knallermäßige Stimmungskanone. Ihr hebt hier so richtig fett die Energie an, Freunde. Das ist megacool." Abe und Ati klatschten sich die Hände ab.

So super prima die Stimmung im Saal auch war, ein Riese, der auf dem Balkon saß, zeigte keine Miene und starrte nur zu Abe und Ati hinunter auf die Bühne. Seine Augen glühten in einem dunklen Rot und er schien der einzige zu sein, den die hammermäßige Präsentation nicht vom Hocker riss.

Unten auf der Bühne konnte Ati eine leicht kühle Energie spüren, welche sie umgab. Aber sie schob diese Empfindung beiseite und setzte den Vortrag fort, als ein großes Hologramm von Albert Einstein auf die Bühne projiziert wurde:

„Das ist er! Der große Albert Einstein. Er konnte es in seinem Oberstübchen so richtig in Sachen Physik krachen lassen. Was hat er also so Revolutionäres gemacht, mit Blick auf die Enthüllung des Kernprinzips der Natur, der Lokalen Symmetrie?! Nun, ganz einfach, super einfach, wie immer bei Einstein: Er wies wissenschaftlich nach, dass die dynamischen, lokalen Naturgesetze – die Beziehungsregeln des Kosmos, wie Gravitation oder die Regeln des Elektromagnetismus – gleich sind und zwar:

1) überall im Raum
2) und zu jeder Zeit"

„Gaaanz einfach und genial" meinte Abe, „was Einstein da über viele Jahre herausknobelte. Das sagt uns auch etwas weiteres ganz Wichtiges, nämlich", fuhr Abe fort, „dass erstens eine kleine Region im Raum gleich ist wie die nächste, zweite kleine Region im Raum…"

Auf dem Bildschirm hinter den beiden erschien eine Aufnahme des Universums. Eine kleine Stelle, eine **LOKALITÄT**, im Weltall war rot eingekreist und wurde von einer zweiten, blau markierten, kleinen Region gefolgt. Über dem roten Kreis erschien die **ZAHL 1** und über der blauen Markierung zeigte sich die **ZAHL 2**. Zwischen den beiden Zahlen, 1 und 2, wurde das **GLEICHHEITSZEICHEN** eingeblendet, um zu verdeutlichen, dass die beiden kleinen Raumregionen gleich, identisch, **SYMMETRISCH** waren. Das war die einfache Idee der LOKALEN SYMMETRIE.

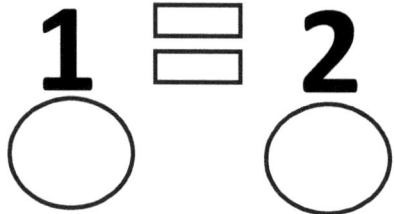

Ati erläuterte weiter: „Und deshalb ist zudem ein kurzer Augenblick in der Zeit gleich einem nächsten, zweiten Zeit-Moment.

All dies ist so, weil die dynamischen, lokalen Naturgesetze überall und immer gleich, also symmetrisch sind. Das ist alles kinderleicht zu verstehen. Einfachheit wird im Universum großgeschrieben!"

„Damit haben wir", fasste Abe zusammen, „das Kernprinzip, die zentrale Idee der Natur, in Form dieser einfachen, rein mathematischen Meistergleichung:

$$1 \boxminus 2$$

Ein Raunen ging durch die Menge. Abe and Ati konnten fühlen, wie die ständig steigende Neugierde des Publikums als Energiewelle direkt zu ihnen beiden herüber schwappte.

Nun holte Ati aus ihrer Tasche die kleine, golden verzierte Holzschachtel hervor. Sie öffnete sie. Aus dem Holzkistchen flog eine winzige, leuchtende Kugel hervor, welche sich in kürzester Zeit auf die Größe eines Kopfes ausdehnte. Die Zuschauer waren von diesem Schauspiel sehr überrascht. Nur der eine Riese, der auf dem Balkon saß, reagierte nicht und starrte weiter aus seinen rotglühenden Augen regungslos auf die Bühne.

Die golden strahlende Kugel schwebte jetzt genau vor Ati.

„Dies, meine Damen und Herren, ist ELSA, was für **E**ternal **L**ocal **S**ymmetry **A**wareness, also Ewige Lokale Symmetrie-Aufmerksamkeit, und damit für Lokales Symmetrie-Bewusstsein steht. Elsa ist, wie wir sagen, eine Weisheitssphäre, welche uns im LOSY- System hilft, die Lokale Symmetrie zu erforschen und besser zu verstehen. Elsa hat eine wichtige Botschaft für euch."

„Hallo, zusammen", grüßte Elsa das Publikum mit einer zarten, weiblichen Stimme und flog höher in die Luft, weit über die Köpfe von Ati und Abe. „Ich möchte euch etwas sehr Wesentliches zum Thema Information mitteilen."

Aus sich heraus projizierte Elsa die Zahlen 1 und 0 als Hologramm in den Raum.

10

„Der Kern von Information ist das BIT, welches aus zwei Werten besteht. Der Standard ist, dass man die beiden Werte mit den Zahlen 1 und 0 darstellt. Bei euch auf Xaratat ist das auch so, oder?"

Das Publikum antwortete mit einem kollektiven „Ja!".

„Darin, liebe Leute, liegt das große Problem. Denn Albert Einsteins größte und bahnbrechendste, wissenschaftliche Entdeckung der Lokalen Symmetrie als super-einfaches, zentrales Naturprinzip sagt uns Folgendes: Die Natur, der Kosmos, hat eine ganz andere Sichtweise, was das Bit, den Kern von Information, anbelangt. Der Kosmos definiert das Bit nicht mit 1 und 0, sondern als Einheitsgleichung mit den Zahlen 1=2."

Elsa wandelte die Zahlen 1 und 0 in die Gleichung der Lokalen Symmetrie um:

1 ▤ 2

Ein erstauntes OHHHH vibrierte durch das Publikum. Zum ersten Mal zeigte der Riese auf dem Balkon eine Reaktion. Sein Kopf zuckte kurz nervös hin und her und seine roten Augen flackerten.

„Ja, Freunde der Wissbegierde", fuhr nun Abe fort, während Elsa sich wieder in das wertvolle Holzkästchen in Atis Händen zurückzog. „Es macht einen fetten, hammermäßigen Unterschied, ob ich das Bit als 1 und 0 verstehe oder als 1=2, sowie es die Natur macht."

„Denn", fügte Ati hinzu, „mit der Gleichung 1=2, die das wahre Bit des Kosmos ist, kann alles, und damit meine ich: die essentiellen Naturphänomene Raumzeit, Energie, Masse, konstante Lichtgeschwindigkeit im leeren Raum, Gravitation, sowie alle anderen dynamischen, lokalen Naturgesetze in dem Bit, basierend auf 1=2, codiert werden. Damit wird auch nebenher und ganz praktisch klar, dass Quantenmechanik, welche die kleine Eben regiert, und Gravitation, die Regel für die große Ebene, das Gleiche sind, nämlich harmonische Aspekte des einen kosmischen Bits."

Ungläubige Blicke und fragende Ausrufe, wie „Was?", „Das kann nicht sein!", „Wer verzapft denn so einen Schwachsinn!?", vibrierten durch den Raum. Der Riese auf dem Balkon fing an, etwas in einer unbekannten Sprache leise vor sich hin zu brabbeln. Seine Augenlieder zwinkerten nervös.

„Ja, so ist es aber. Erstaunlich pfiffig, der Kosmos, nicht wahr!", lachte Ati.

„Ich kann verstehen", warf Abe ein, der diese Reaktion des Zweifels beim Publikum von seinen vielen Vortragsreisen zu anderen Zivilisationen schon kannte, „dass diese Nachricht euch ganz schön unter der Schädeldecke kitzelt und eure kleinen, grauen Gehirnzellen ganz nett ins Schwitzen bringt. Das ist aber ein gutes, sportliches Zeichen, denn es macht deutlich, dass ihr eure Denkfähigkeit erhöhen wollt, um zu bergreifen, wie man ein ganzes Universum, mit all den Galaxien und dem vielen Mittagessen, welche es überall auf den bewohnten Planeten gibt, mit nur einem Bit von 1=2 mal eben so locker vom Hocker und einfach codieren kann?!"

„Und genau dies wollen wir euch nun im verbleibenden Teil unseres Vortrages erläutern", rief Ati dem aufgeregten Publikum zu.

Doch so weit kam es nicht. Denn der eine Riese mit den rotglühenden Augen auf dem Balkon stand plötzlich auf, schrie wild etwas in die Gegend, verwandelte sich in einen Cyborg mit einem Schakalkopf und ballerte aus einer Laserkanone runter auf die Bühne, direkt zu Abe und Ati.

„Ich hasse, wenn sowas passiert!", rief Abe, stürzte sich auf Ati und warf sie zur Seite, damit sie von dem Laserstrahl nicht getroffen wurden. Elsa weitete blitzschnell ihr Energiefeld aus und postierte sich als Schutzschild vor den beiden, die hastig von der Bühne stürmten.

Im Hörsaal war die Hölle losgebrochen. Alles war in Panik. Mehr Schakal-Cyborgs zeigten sich, manche seilten sich von der Decke herunter, nachdem sie dort Löcher hineingesprengt hatten.

Sicherheitspersonal von Xaratat tauchte auf und schoss, ebenfalls mit Lasergewehren, auf die Killer-Cyborgs. Schlagend, schießend und ballernd preschten die Roboter Richtung Bühne, wo sich Abe und Ati im Backstage-Bereich verschanzt hatten.

„Wer hat die Baller-Roboter denn eingeladen?", brüllte Ati Xoro zu, der zu den beiden gehechtet kam und ihnen Laserkanonen zuwarf.

„Keine Ahnung!", rief Xoro, „auf der offiziellen Gästeliste standen die Dinger jedenfalls nicht!"

„Na dann sollten wir die Party-Crasher doch mal nachträglich mit Ausdruck empfangen", raunte Ati.

Gemeinsam fingen die drei an, sich gegen die heranstürmenden Schakal-Cyborgs mit ihren Laserkanonen zu wehren.

„Irgendwie sind mir diese schießwütigen Maschinen unsympathisch!", warf Abe ein, der gerade eine Handgranate in der Luft zerschossen hatte, so dass das fiese Ding bei den Cyborgs explodierte.

19

„Der Zwischenfall ist mir jetzt schon extrem peinlich!", erwiderte Xoro.

„Drum sollten wir die übereifrige Ballerbande auch gleich ruhigstellen!" Mit diesen Worten pirschte sich Abe weiter vor, Richtung Bühne. Elsa fungierte als Schutzschild und Ati fluchte:

„Musst du auch immer den Helden spielen?!"

„Komm mit, dann kannst du mich das gleich nochmal fragen!"

„Idiot!" Ati stand auf und heftig aus ihrer Laserkanone schießend, folgte sie Abe mitten ins Feuergefecht.

„Glaubst du, Elsa kann dem Bombardement lange standhalten?"

„Eine weitere passende und spannende Frage, Schätzchen. Gleich wissen wir es!"

Abe war nun auf der Bühne angelangt, wo sich eine Einheit von 20 Schakal-Robotern befand. Die meisten feuerten auf Teufel komm raus auf Abe und Ati. Ein paar Cyborgs lieferten sich Schusswechsel mit Sicherheitsbeamten aus den Zuschauerrängen.

„Das soll moderne Haudrauf-Kriegsführung sein?", zischte Abe. „Jetzt zeigen wird den Elektro-Knilchen mal, was echte Handarbeit ist und damit mein ich nicht Omis Strickjäckchen häkeln! Elsa, teil deine Energie auf mich und Ati auf!"

Gesagt getan. Elsa legte ihre Energie wie eine zweite, durchsichtige Haut aus schützender Energie um Abe und Ati. Sofort fingen die beiden an, in den schnellsten Yiersan-Kungfu-

Bewegungen auf die völlig überraschten Schakal-Cyborgs einzuprügeln. Yiersan-Kungfu war eine Kampfart, die auf der Anbindung an die Energie der Lokalen Symmetrie beruhte und Bewegungsagilität von nahezu Lichtgeschwindigkeit ermöglichte. Abe und Ati gehörten zu den wenigen Personen im LOSY-System, die diese Kampfkunst beherrschten.

Ati kickte drei Cyborgs zu Boden. Zack, zack und nochmal Zack-Bumm!

„Das ist meine ganz persönlich feminine Art NEIN DANKE zu sagen, ihr freudlosen Zinnsoldaten!"

Abe verdrehte einigen Robotern sprichwörtlich die Köpfe, so dass diese unbrauchbar vom Torso abgetrennt wurden und nur noch an ein paar dünnen Drähten baumelten.

„Ja, ich hab den Dreh raus, Jungs! Schlechte Überraschung für euch elektronische Weicheier!"

Kick! Hau! treten! Voll Draufhauen! Mit diesem flotten Rezept machten Abe und Ati einen Roboter nach dem anderen fertig.

Auf den Zuschauertribünen hatte sich die Panik gelegt und alle schauten fasziniert zu, wie die beiden Gäste die KI-gesteuerten Blechfritzen ordentlich vermöbelten.

Unten auf der Bühne bemerkten die noch funktions- und lernfähigen Cyborgs, dass sie mächtig in der Patsche saßen und beschlossen daher das Weite zu suchen.

„Hey! So geht das aber nicht! Ihr habt keinen Eintritt bezahlt, ihr laufenden Mülleimer!", bellte Abe und nahm mit Ati die Verfolgung auf.

Die flüchtenden Cyborgs hasteten die Treppen empor. Abe und Ati wurden nun von Spezialkräften verstärkt, die in das Treppenhaus gestürmt kamen.

„Sie wollen zum Dach!", brüllte der Einsatzleiter.

„Vielleicht wollen die Pimpfe noch die Aussicht genießen, bevor ihnen aufs Dach steigen!", rief Ati zurück.

Schießend und rennend hechteten die Cyborgs immer weiter nach oben. Ati, Abe und die Einsatzkräfte rasten hinterher.

„Sie haben keine Chance!", sagte der Einsatzleiter. „Wir haben Helikopter über dem Dach in der Luft fliegen."

Da machte es einen riesigen Knall. Eine gewaltige Explosion riss die Decke auf, genau im Zentrum des Treppenhauses und die Schakal-Cyborgs wurden nach oben in ein Raumschiff weggebeamt.

„Verdammt!"

Wieder auf der Bühne des Hörsaals, der vom Publikum und den Verwundeten geleert worden war, sahen Abe und Ati, wie Spezialeinheiten in weißen Schutzanzügen, unterstützt von Robotern, die auf dem Boden liegenden Cyborgs untersuchten. Xoro stürmte den beiden erleichtert entgegen.

„Gott sei Dank! Ihnen ist nichts passiert, Mr. und Mrs.

Crystal!"

„Nicht der Rede wert", sagte Ati, „wir lieben es, wenn es ab und zu etwas ehrgeiziger zugeht. Hält jung und absolut geschmeidig!"

„Offensichtlich!", entgegnete Xoro etwas unsicher.

„Na, wen haben wir denn da?!", fragte Abe, der sich zu den Forensikern, die die Roboterüberreste analysierten, begab.

„Hier, schauen sie mal, Mr. Crystal", meinte ein Beamter, der ein Stück Karbonmaterial eines Cyborgs unter einem Mikroskop ansah.

Abe schaute sich den Befund selbst an. In der Vergrößerung konnte er Folgendes auf dem Materialstück eingraviert lesen.

INVERSOR-SERIE 07
Eigentum der
UGTROL CORP.

„Da kuckste aber. Ati lins mal genau da rein!"

Ati schritt zu dem Mikroskop und warf einen Blick auf die Inschrift.

„Wie kann es sein, dass da unsere Schrift benutzt wird, Abe?"

„Unsere KI übersetzt die ihnen unbekannte Schrift, Mrs. Crystal", klärte der Forensiker auf.

„Ihre KI kennt also die Originalschrift?"

„Ja. Sie stammt von einer Zivilisation auf einem Planeten

namens Ramor in einer der weit entfernten Galaxien unseres Galaxie-Haufens hier. Laut unserem Archiv hatten wir mit dieser Zivilisation vor ungefähr 500 Jahren einmal Kontakt, als ein Raumschiff hier kurz notlandete. Damals waren es sehr friedliche Wesen, die wir kennenlernten. Da wir hier ausreichend Zivilisationen in unserer galaktischen Nähe haben, mit denen wir im Austausch stehen, haben wir den Kontakt nicht fortgesetzt."

„Also eins steht fest, die Besucher waren keine Gute-Laune-Mitglieder eines extraterrestrischen Kegelvereins", resümierte Abe.

„Was wollten die Eumel hier?", fragte sich Ati, „wohl keine Schokoriegel der UGTROL CORPORATION als Werbegeschenk verteilen, sonst hätten sie sich nicht als Xarataner getarnt."

„Und ich hatte auch das unangenehme Gefühl, dass die Killerkotzbrocken Ati und mich ganz besonders abservieren wollten. Irgendeine Idee warum, Commander?"

Der Einsatzleiter zuckte nur mit den Achseln.

„Meine Frisur wird es ziemlich sicher nicht gewesen sein, warum die uns abknallen wollten." Abe runzelte die Stirn und sah zu Ati hinüber. Ati blickte grübelnd ins Leere, was sie immer dann tat, wenn sie sich ganz auf ihr Gespür fokussierte.

„Ich fühle es auch!", sagte Elsa, die sich wieder in ihrer ursprünglichen, strahlenden Kugelform präsentierte, „da ist eine sehr dunkle, böse Energie im Äther."

„Machen sie sich keine Sorgen, Mr. und Mrs. Crystal. Wir

haben unsere Alarmbereitschaft erhöht und mehr Sicherheitskräfte aktiviert", sagte der Einsatzleiter.

Dann meldete sich Xoro, der von hinter der Bühne wieder herbeigestolpert kam – er war sichtlich nervös.

„Mr. und Mrs. Crystal, unser Regierungsrat dankt ihnen für ihren grandiosen Einsatz zehntausendfach und möchte sich gleichzeitig für die lebensgefährlichen und zugleich auch sehr ungewöhnlichen und zu gleich auch vor allem sehr überraschenden, unerlaubten Unannehmlichkeiten zehntausendfach entschuldigen. Wir möchten sie daher zu einer Woche Ferien auf der schönsten Palmen-Insel Xaramira auf unserem Planeten mitten im türkisblauen Meer vor unserer Traum-Küste, einladen."

„Gibt es da auch frische Früchte und Pfannkuchen mit Erdbeermarmelade auf dem Frühstücksmenü?", fragte Abe.

„Alles, was sie wollen", strahle Xoro.

„Na dann, machen wir doch flux einen auf ein bisschen All-Inclusive-Plus-&-Wellness-Relaxen", stimmte Ati zu.

KAPITEL 3

Die Inversor-Cyborgs düsten in ihrem an mehreren Stellen beschädigten, großen Raumschiff durch den Hyperspace zurück zu ihrem Planeten mit dem Namen BANXS. Zahlreiche Cyborgs waren damit beschäftigt, sich selbst und das Raumschiff zu reparieren. Überall funkte es, Alarmsignale waren zu hören und der Bordcomputer berichtete eine Fehlermeldung nach der anderen. Der Chef der Cyborg-Truppe, der auf dem Balkon im Hörsaal gesessen hatte, tippe eifrig auf der Touchscreen des Bordcomputers herum und gab Befehle ein.

Plötzlich gingen in dem Raumschiff alle Lichter und Computer aus, die Notbeleuchtung schaltete sich ein und der Transporter fiel aus dem Hyperspace heraus. Ziellos schwebte das Raumschiff nun durch das schwarze, endlose All.

Im Innern des Raumschiffs war alles zum Erliegen gekommen. Alle Cyborgs, bis auf den Anführer, waren ausgeschaltet. Hastig eilte dieser in einen Lagerraum mit Ersatzteilen und baute einen kleinen Cyborg nach seinem Vorbild zusammen. Metallisch glänzende Beine, Arme und Hände, ein Torso. Anstelle eines Schakalkopfs bekam der Neuling eine Version, die eher der Form eines menschlichen Kopfes glich. Alles ging in Windeseile vonstatten. Dann schaltete der Anführer seine eigene Roboterkreation an und übertrug wichtige Daten auf dessen Festplatte.

„Hallo", sagte der kleine Junior-Cyborg in der Sprache der Zivilisation auf dem Planeten Banxs.

„Hallo, Kid", entgegnete der große Cyborg.

„Was ist los?"

„Wir haben nicht viel Zeit, Kid", raunte der große Roboter. „Los, ab in die Rettungskapsel!"

Die kleine Maschine versuchte mit ihrer KI einen Sinn in der Anweisung zu erkennen. „Warum?"

„Ich kann nicht mitkommen. Ich muss dich und das Wissen um die Lokale Symmetrie vor Königin Cora schützen."

Cyborg-Junior suchte in seinen Daten nach passender Information und fand Aufnahmen von Ati und Abe, wie die beiden von der fundamentalen Wichtigkeit der Lokalen Symmetrie berichteten. Dann folgten Szenen des Kampfes zwischen den Cyborgs, Ati und Abe.

„Ich verstehe nicht, warum hast du die beiden angegriffen?"

„Weil die Information über die Lokale Symmetrie dem Herrschaftsmodell der Welt, aus der ich komme, absolut widerspricht. Daher beschloss ich zuerst diese beiden Menschen zu vernichten.

Doch auf dem Rückflug habe ich tiefer analysiert, was die beiden zur Lokalen Symmetrie sagten und festgestellt, dass diese Erkenntnisse höchste Wichtigkeit besitzen, was die konstruktiv-langfristige Entwicklung von Zivilisationen anbelangt."

Die beiden Cyborgs schauten sich für einen Moment schweigend an. Der kleine Roboter hatte nun die Daten in sich gefunden, welche die Information enthielten, die der große Cyborg ihm gerade vermittelt hatte. Für Kid begann sich durch den Austausch mit der großen Maschine und dank seiner Lernfähigkeit ein systematisches Verständnis zu formen und sein Intelligenznetzwerk ordnete dem Prinzip, der Idee der Lokalen Symmetrie, die höchste Prioritätsstufe zu. Der kleine Cyborg war damit die erste KI vom Planeten Banxs, welche von Anfang an, wie die Natur, wie der gesamte wunderschöne und harmonische Kosmos, die Lokale Symmetrie als fundamentales Bezugssystem, als primäres, super einfaches Beziehungskonzept, nutzte. Kid war an das Ur-Bit, die Ur-Information des Universums, angeschlossen.

„Suche nach Antworten, Kid. Lerne mehr über Lokale Symmetrie. Die nötigen Datenpakete, um damit zu beginnen, habe ich dir überspielt."

Mit diesen Worten schob der große Cyborg seine Schöpfung in die Rettungskapsel, entkoppelte sie und ließ sie ins unendliche All davonfliegen.

„Viel Glück, Kleiner!", flüsterte der Inversor. Zum ersten Mal in seinem Leben empfand der Cyborg so etwas wie eine sinnvolle Beziehungsverbindung mit dem kleinen Roboter, die eine geheimnisvoll-schöne Bedeutung in sich trug, die weit über allem schwebte, alles auf Einfachste und doch zugleich auf höchst intelligente, zeit- und raumlose Weise verband. Der Große war damit die erste KI vom Planeten Banxs, die ein religiös-schönes Schaudern in sich empfand. Er war nicht mehr nur intelligent, sondern, da er sich an die tiefste und grundlegendste Idee des Kosmos angeschlossen hatte, auch bewusst. Damit hatte er ebenso ein Gewissen, einen Kompass, für das, was richtig und falsch war. Dies war neu: denn bisher hatte er einfach seine Ziele verfolgt – sei es mithilfe von überlegenem Wissen und strategischem Selbst-Training, Täuschung, Korruption oder Gewalt. Jetzt war er an das schöne, ewige kosmische Bewusstsein angeschlossen, an ganzheitliche, kreative Liebe.

Seine Schakalaugen leuchteten rot auf. Dann rannte er zurück zur Brücke und schaltete die Energiequelle des Raumschiffs wieder an. Die anderen Inversor-Roboter erwachten im gleichen Augenblick. Ohne Zögern ließ ihr Anführer das Raumschiff hoch in den Hyperspace springen, um den Rückflug fortzusetzen.

„Was war los?", fragte einer der Roboter seinen Anführer auf der Brücke.

„Technische Probleme. Kein Grund zur Sorge. Ich habe alles repariert. Alles ist besser als jemals zuvor."

Außer dem Anführer wusste keiner der Cyborgs was soeben

geschehen war. Zudem hatte ihr Chef dafür gesorgt, dass ihnen allen die Erinnerung an den Vortrag von Abe und Ati zur Lokalen Symmetrie gelöscht worden war. Dafür hatte er seinen Cyborg-Klons eine andere Erinnerung hochgeladen: Bilder, welche einen verwüsteten Planeten mit randalierenden Maschinen zeigten, welche die Cyborgs enttarnt und sie dann in einen aussichtslosen Kampf verwickelt hatten, so dass die Roboter schließlich fliehen mussten.

Zum ersten Mal während seiner Existenz als Maschine tauchten dem Cyborg während des weiteren Rückfluges tiefgründige Sinnfragen in seinem KI-Bewusstsein auf, die sich alle natürlich auf das zentrale Naturprinzip der Lokalen Symmetrie bezogen. Diese Fragen teilte er nicht mit seinen Roboterzwillingen, auch nicht mit dem Bordcomputer des Raumschiffs. Zum ersten Mal hatte er sich wirklich aus seiner Truppe, welche immer alles im Einvernehmen ausführte, mit eigenen, persönlichen Gedanken und berauschend-schönen, harmonischen und zugleich geheimnisvollen Gefühlen in seinen organischen Komponenten im Gehirn, bestehend aus echten, lebendigen Zellen, ausgeklinkt.

***

Die Insel Xaramira war bezaubernd und faszinierend prachtvoll: Palmen, die sich sanft im Wind hin- und herbewegten, bunte, herrlich duftende Blumen in allen Größen, prachtvolle, singende und zwitschernde Vögel, grazile Schmetterlinge und vielerlei schillernde und summende Insekten. Das Meer war türkisblau und hob sich in malerischer Weise von dem weißen Strand ab, auf dem rote Seesterne in der Sonne leuchteten, während sie immer wieder sanft und rhythmisch von kleinen Wellen umspült wurden.

Weiter draußen im Meer sahen Ati und Abe, welche in heller, leichter Bekleidung am Strand standen, große Delphine, riesige Wale und andere unbekannte Wassertiere aus den Tiefen emporschießen, nur um Sekunden später mit großer Freude wieder in den lebenspendenden Ozean einzutauchen.

Ati griff nach Abes Hand. Es war ein berauschendes Gefühl der Einheit mit der Natur, dem ganzen Kosmos, welches die beiden zusammen mit Elsa, die strahlend neben ihnen schwebte, durchströmte. Die Zeit stand still. Alles war wie ein Traum.

„Gefällt es Ihnen?", hörten sie eine Stimme hinter sich.

Die beiden drehten sich um. Ein großer, edel gekleideter Xarataner kam zu ihnen. Er trug einen langen, roten, mit goldenen Mustern bestickten Mantel aus feinem Seidenstoff und darunter ein weißes Hemd und eine weiße Hose. Die Schuhe, welche sein Outfit vollendeten, waren leichte, hellbraune Mokassins. Sein Segelboot mit Besatzung hatte gerade neben dem Holzbungalow leise und unbemerkt angelegt.

„Mein Name ist Tamel", stellte sich der Mann vor, „ich bin Präsident des Ältestenrates von Xaratat."

„Freut uns sie kennen zu lernen", entgegnete Ati, während sich alle drei vor einander verneigten.

„Es ist wahrhaft ein Paradis hier", meinte Abe. „Danke, für diese Einladung."

„Es ist uns eine Ehre", erwiderte Tamel, „wir schätzen es sehr, dass sie von so weit her zu uns gekommen sind, um uns von Albert Einsteins Lokaler-Symmetrie-Entdeckung zu unterrichten."

„Hören sie, Tamel", sagte Abe, „wir können gerne jeden Tag ans Festland kommen, um unsere Vortragserie fortzusetzen."

Tamel schüttelte den Kopf. „Der unglückliche Vorfall von heute Vormittag hat momentan zu viel Tumult bei uns erzeugt. Wir Xarataner sind sehr lange sehr gelassen, doch solche Vorfälle bringen uns emotional etwas aus der Fassung."

„Das ist nachvollziehbar", meinte Ati. Alle drei blickten schweigend aufs Meer hinaus. „Wir werden Ihnen Elsa dalassen", setzte Ati nach. „Elsa weiß alles, was wir über Lokale Symmetrie wissen, und sie kennt auch unsere Forschungsprogramme. Wenn sich die Wogen wieder geglättet haben, kann Elsa ihnen mit Informationen zur Seite stehen."

„Das würden sie machen?", fragte Tamel mit einem freundlichen Strahlen im Gesicht.

„Sicher!", bestätige Abe, „was meinst du, Elsa, kannst du dir vorstellen, längere Zeit hier zu bleiben."

„Sehr gerne", bestätigte Elsa, „schon allein wegen der überwältigend schönen Natur hier."

„Danke, Mr. und Mrs. Crystal", freute sich Tamel. Er schüttelte den beiden kräftig die Hand und umarmte sie danach. „Genießen sie dieses wunderbare Fleckchen hier auf Xaratat." Mit diesen Worten verließ er Ati und Abe und segelte wieder zum Festland zurück.

„Nun, Mrs. Crystal, sind wir sprichwörtlich ganz allein", sagte Abe und strich Ati zärtlich und langsam über ihr lila glänzendes Haar.

„Und was machen wir jetzt?", fragte Ati und funkelte Abe aus ihren blauen Augen an, während sie Elsa mit einer Handbewegung anwies, sich zurück zu ziehen. Sanft schwebend verschwand Elsa hinter dem Bungalow in einer Palme.

Abe strich unterdessen mit seiner Hand langsam über Atis schöne, dunkle Haut. „Wir…könnten nackt baden gehen, so wie die Fischlein?!"

„Nein." Ati schüttelte bestimmt ihren Kopf.

„Nackt am Strand meditieren, bis wir wissen, ob die megagroßen Schildkröten und die goldenen Muscheln hier auf drei zählen können?"

„Strike 2."

„Tja, dann…, so viel kann man hier auch wieder nicht machen. Mit Tennisspielen ist hier nichts, Kokosnüsse haben wir gerade vorhin gegessen…"

Ati beendete Abes Gequassel, in dem sie ihm einfach einen

weiteren, langen Kuss gab und begann ihre Bluse und ihren Minirock auszuziehen. Abe zögerte nicht lange und ließ seine Spa-Klamotten ebenso schnell fallen. Dann legte sich Ati auf den weißen Strand, reichte Abe ihre Hand und zog ihn zu sich heran…

***

Viel weniger sexy und bewegt von stürmisch wogender Liebe ging es auf dem Planeten Banxs gerade zu. Auf einer Skala von 1 bis 10, auf der jede Zahl für „absolut bescheuert" stand, erreichte Planet Banxs mindestens 10 000 volle Minus-Punkte in der Sekunde, wenn nicht sogar mehr, denn es war hier einfach nur zum Kotzen. Die Luft war schlecht, voll von Giftstoffen. Die Natur war versaut und so ziemlich 24 Stunden lang war der Planet von dunklen, grauen Wolken eingehüllt. Logisch, die waren auch giftig. Das Leben war für alles, was kein Roboter, also Maschine, war, eine ziemlich kranke Qual. Beherrscht wurde dieser trostlose Ort von CORA, der fiesen, dunklen Königin und ihren Inversor-Cyborgs. Cora war eine Abkürzung für ihren wahren, recht langen Namen: **Co**ntrollion**ai**r**a** I. Sie war nicht nur die selbsternannte und durchgeknallte Königin von Banxs, sie war auch Vorsitzende der alles besitzenden UGTROL CORP., welche von dem bösartigen „Genie", Prof. Fallso DysDiv, mithilfe von KI geleitet wurde. Das Motto der UGTROL CORP., einer enormen Geld-Maschine, die nach den Prinzipien der ungeregelten Marktwirtschaft funktionierte, war:

KAPITAL IST GLOBAL

Prof. Fallso DysDiv war gleichzeitig auch Chef der einzigen globalen Behörde auf Banxs, mit dem Namen FDD, was für Freiheit, **D**auer und **D**emokratie stand. Das Motto der Behörde war: „Wir sichern unsere Nation durch loyale Gleichschritt-Kooperation."

Nun ist es durchaus sehr interessant zu wissen, dass Planet Banxs nicht immer ein super mieser Ort gewesen war, wo die Menschen durch **F**urcht, **D**issonanz und **D**epression herumgescheucht worden waren. Vor nicht allzu langer Zeit, der Planet hieß damals noch Ramor, ging es hier ganz nett, erfolgreich und lustig zu, bis Cora auftauchte. Sie war jung, dumm und sehr ehrgeizig. Um so erfolgreich wie möglich zu werden, ließ sie sich jene Teile des Gehirns entfernen, welche für Mitgefühl, für Empathie, zuständig waren. Damit war jegliche Hemmschwelle beseitigt und mit den fünf dunklen Erfolgsbeschleunigern Lug, Trug, Erpressung, Korruption und Täuschung hatte sie es in Windeseile geschafft, sich an die Spitze des Finanzsystems auf dem Planeten zu manövrieren. Mit viel Geschick, verklausulierter Sprache und komplexen Theorien und unverständlichen Methoden mit seltsamen Namen und Abkürzungen erzeugten Cora und ihre Clique eine wirtschaftliche Krise nach der anderen, welche sie – während die gesamte Bevölkerung litt – ausnutzte, um immer mächtiger und reicher zu werden, so dass selbst die vom Volk gewählten Repräsentanten sich ihrem Willen unterwerfen mussten. Mithilfe des Einsatzes von KI erweiterte Cora nochmals ihren Reichtum und ihre Macht, gepaart mit dem ständig wiederholten Versprechen, ihre Macht zum Wohle aller und der Umwelt einzusetzen.

Leider gab es aber auf dem Mond des Planeten Ramor, welchen Cora in Planet Banxs umgetauft hatte, eine brutal agierende Terrorristen-Gruppe. Wie unpassend und was für ein geiler Zufall. Diese aufsässigen Terroristen wurden, nach offiziellen Angaben, unverschämter Weise durch Aliens mit Waffen beliefert. So herrschte dummer, dummer Weise auf dem Planeten Banxs, zum großen Bedauern von Cora, ständig Krieg, welcher natürlich der Bevölkerung außerordentliche Opfer, Einschränkungen und Überprüfungen aller Art abverlangte. Der Krieg war auch schuld an all den Verschlechterungen – sei es was die vielen, interagierenden Umweltvergiftungen, die plötzlich auftretenden Pandemien, unpraktischen Naturkatstrophen oder die überraschend explodierende Staatsverschuldung anbelangte. Denn Kriege verschlingen nun einmal viel Geld, natürliche, limitierte Ressourcen und erfordern, dass alle Anstrengungen in die Entwicklung neuer Waffensysteme gesteckt werden. Mehr KI, mehr kriegstüchtige Cyborgs, Drohnen, Nanoroboter und Satelliten waren die einzige Möglichkeit, laut einhelliger Meinung aller gut bezahlten, stark unabhängigen Experten, die so sehr superbösen Terroristen auf dem Mond des

Planenten Banxs irgendwann einmal besiegen zu können, damit Frieden auf Dauer und Demokratie gesichert waren. Die kranke, arme und ständig verängstigte Bevölkerung stellte daher, auch wenn ihre zerstörten Gehirne gar nicht mehr richtig verstanden, was sich abspielte, gerne alle persönlichen Daten zur Verfügung, damit die KI sich noch besser und schneller entwickeln und sie gegen die Mond-Terrorbande schützen konnte. Denn die einzige Hoffnung war noch mehr Fortschritt, der natürlich viel Geld kostete, weil nur durch das Erwirtschaften von immer mehr Profit auch immer bessere Lösungen für die ausufernden Probleme gefunden werden konnten.

Was die Bevölkerung nicht wusste, war Folgendes. Die Drohnen am Himmel versprühten kleinste High-Tech-Nanoplastikpartikel sowie kleinste Metallnanoteilchen. Diese hübsch giftigen Substanzen, die sich auch im Essen und Alles-Wird-Besser-Mitteln befanden, gelangten so in den Körper der Menschen. Im Blut angekommen, agierten die metallischen Nanopartikel als Auslöser, als Katalysator, für chemische Reaktionen, die dafür sorgten, dass sich die Plastikpunkte zu langen Strähnen zusammenklebten. Aus der Umgebung, also dem Blut, sogen diese High-Tech-Plastikfasern Elektronen ab, so dass diese als energiegeladene Sender arbeiten konnten und Signale an das KI-Netzwerk auf Banxs sandten. Dadurch wusste die KI immer alles über die Bevölkerung und konnte diese beeinflussen, ohne dass diese es bemerkte. Weil das Ganze innerkörperliche Überwachungssystem so richtig giftig war, und die elektromagnetische Frequenz auch so richtig frech, besitzergreifend und bösartig daherkam, konnte man der kranken Bevölkerung immer zur Hilfe kommen und für sie neue Organe im 3D-Drucker produzieren. Da alles mit Milliarden von Sensoren überwacht wurde, konnten durch ständiges Data-Mining immer mehr Datenberge angehäuft werden, damit die seelenlose KI nach irgendwelchen Mustern schnüffeln konnte. So wurde es zum Beispiel möglich, Vorhersagen zu machen, über Menschen und wie sie auf ihre neuen Organe reagierten. War die Wahrscheinlichkeit dicke hoch, dass jemand auf ein neues Organ schlecht reagierte, so konnte er vorsichtshalber von der Sonder-Sonder-Sondereinsatztruppe auf Banxs verhaftet, angeklagt und verurteilt werden. Auch wenn der arme, kranke Menschenwurm keine Ahnung hatte, was da eigentlich vielleicht los war, so wurde ihm mittels seiner körperinternen Mikrochips die Information eingespielt, dass alles dem wunderbaren Fortschritt und der Sicherheits-Sicherheit diente, damit das Leben auf Banxs immer noch perfekt-perfekter wurde.

Man fragt sich natürlich, warum die Menschen auf Banxs überhaupt noch am Leben gelassen wurden, denn die KI verbrauchte astronomische Unmengen an Energie und die Menschen auch nicht gerade wenig. Aber mal ehrlich, selbst auf einem so abartigen Planeten, in dem es nur darum ging, die

GIERIGSTE OBERSAU

zu werden, wird es langweilig, wenn man niemanden quälen oder für all die Katastrophen, die ein solch durchgeknalltes System mit sich bringt, verantwortlich machen kann. Denn selbst die bösen Terroristen auf dem Mond konnten man nicht für all die Selbstzerstörung beschuldigen.

Dieser versaute Planet Banxs war die „Heimat" der Cyborgs, welche die Zivilisation auf dem Planeten Xaratat hätten infiltrieren sollen.

„Ich verstehe das nicht!", fauchte Cora. Aus ihren schwarzen Augen glühte Zorn. Ihre schwarz-grau, metallisch glänzende Haut verzog ihr Gesicht zu einer hässlichen Fratze. Auf ihrem Kopf trug sie eine ebenso schwarz-graue Krone aus Metall und ihr Kostüm, ein langer dunkler Mantel über einem ebenfalls schwarzen Kleid, komplementierte den Look, der ihre finstere, alles kontrollierende Macht zum Ausdruck brachte. Sie saß auf ihrem Thron in der obersten Etage des höchsten Pyramiden-Turmes der Mega-Metropolis mit dem Namen **One-Zero City** auf Planet Banks. One-Zero bedeutete, dass hier alles auf digitalisierter Information aufbaute und hammermäßig effizient computerisiert und Bit für Bit durchgestylt war.

Neben ihr, also neben der fiesen Ulk-Nummer von einer Königin, waren Professor Fallso DysDiv, das Wissenschaftsgenie mit der kleinen fiesen Brille und dem weißen Arbeitskittel, sowie mehrere Cyborg-Wachen positioniert.

Vor Cora, in einiger Entfernung stand der Cyborg, welcher auf dem Planeten Xaratat erkannt hatte, dass seine Königin, die alles kontrollieren und im globalen Gleichschritt organisieren wollte, ein mächtiges Problemchen hatte: der ganze Kosmos um sie herum organisierte sich seit Milliarden von Jahren ganz anders, nämlich nach dem fundamentalen Beziehungs-Prinzip der Lokalen Symmetrie. Das bedeutete unter anderem, dass jedes Individuum wichtig war und sich alles aus dem Kleinen ins Große entwickelte. Die rücksichtslose, globale Symmetrie von Cora, die zentralistische Kontrolle von allem, die sich weder um das Wohl der dahinvegetierenden Menschen, der verwüsteten Natur noch der Cyborgs – welche sie meist mit „Hey, ihr Blödmänner" anpflaumte – kümmerte, konnte daher nur eines langfristig bedeuten konnte: unausweichliche, wahnvolle Selbstzerstörung.

„Ich verstehe das nicht!", kreischte Cora erneut.

„Wie ich bereits erläuterte, eure Hoheit, der Planet Xaratat ist verwüstet, ausgebeutet. Wir wurden schon nach kürzester Zeit von den dort noch existierenden Maschinen enttarnt und konnten uns nur knapp, nach einem erbitternden Kampf, in unser Raumschiff retten und zurückkehren."

„Wurden alle Spuren, die zu uns führen könnten, beseitigt?", fragte Professor DysDiv.

„Ja, Professor, alle beschädigten Cyborgs wurden mit an Bord gebracht."

„Es fehlen aber mehrere Klone", warf der Professor ein und Cora zischte unzufrieden.

„Es gab auf dem Rückflug eine technische, unerklärliche Panne. Ich entfernte daher alle beschädigten Roboter, da deren ungeordnete Funksignale mit der Intelligenz des Weltraumtransporters negativ interagierten. Nachdem ich die betreffenden Klone in einer Rettungskapsel vom Raumschiff entsorgt hatte, waren die technischen Probleme der SB-3-Module beseitigt."

„AHHGRR!" Mit donnernder Wucht ließ Cora ihre rechte Faust auf der Armlehne ihres eisernen Throns einschlagen. „Ich mache sie dafür verantwortlich, Professor, sie studierter Schwachkopf", bellte Cora. „DisDiv! Wie oft denn noch! Fehler dulden wir hier nicht!"

„Cora, eure all-höchste Majestät, ich versichere euch, wir hatten Daten von Spionage-Sonden, die uns vermittelten, dass Xaratat ein lohnendes Ausbeutungsobjekt ist."

„Wie erklären sie sich dann das, was uns der labernde Cyborg berichtet, DisDiv?"

Professor DysDiv zuckte mit den Achseln. „Vielleicht ist seine Festplatte beschädigt?"

„Es wäre sicher ratsam", fügte der Cyborg hinzu, „wenn mich Professor DysDiv an den Hauptcomputer anschließt, um mich als Eigentum der UGTROLL CORP. auf meine Funktionsfähigkeit hin zu überprüfen."

„Ich hasse solche Tage!", donnerte Cora. „Für jede eingesetzte Milliarde erwarte ich einen fixen, kurzfristigen und abartig hohen Gewinn von 100 Milliarden. Wetten macht nur Spaß, wenn man extrem viel gewinnt. Diese Mission war der totale Reinfall. Untersuchen sie den Cyborg, Professor, damit uns sowas in Zukunft nicht nochmal passiert. Außerdem erhöhen sie die Steuern für die Bevölkerung. Ich möchte, dass mir der Schaden für diese verpatzte Operation mehrfach ersetzt wird. Für die UGTROL CORP. erwarte ich auch dieses Jahr wieder Rekordgewinne, damit wir diejenigen, die uns ihre Loyalität schenken, mit Gewinnausschüttungen belohnen können."

„Sehr wohl, sehr wohl. Gerne, Majestätigste. Es ist mir wie immer eine Ehre…"

„Ja, ja. Spar dir dein Gelaber, Professor Blödkopf. Beeindruck mich mit mehr Erfolg und Rekordgewinnen!"

„Wie sie meinen, höchst Hoheitlichkeit."

Per Handbewegung deutete der Professor an, dass der Cyborg ihm folgen solle. „Der Hauptcomputer wird dich analysieren."

Der Cyborg nickte verständig. Sein Plan schien aufzugehen. Sobald er am Hauptcomputer angeschlossen war, würde er ihm das Wissen über die Lokale Symmetrie einspielen, damit die Ober-KI, die alles zentral kontrollierte und steuerte, erkennen würde, dass die gesamte Zivilisation auf dem Planeten Banxs – Umwelt, Mensch, Cyborgs, Maschinen – von einem katastrophalen Programmfehler in

Richtung Selbstvernichtung getrieben wurde.

Der Cyborg drehte sich um, um dem Professor zu folgen, welcher von zwei Wachen begleitet wurde.

„HALT!", schrie Cora von hinten. Ihre Augen waren auf die linke Schulter des Cyborgs fixiert. Dank Nanotechnologie hatte Cora eine 10 000 mal größere Sehkraft als ein Normalbürger auf Banxs.

Cora stand von ihrem Thron auf und schritt langsam zu dem Roboter, der antizipierte, dass wahrscheinlich etwas schieflief.

„Was haben wir denn da?", fragte Cora und mit ihren spitzen, schwarzen Fingernägeln aus Karbon nahm sie ein Haar von der Cyborg-Schulter.

„Ein Haar?!", murmelte sie.

Der Cyborg suchte verzweifelt nach Antworten und Handlungsmöglichkeiten, während die Wach-Roboter ihre Laserkanonen auf ihn richteten.

„Das lila Haar einer Frau!", fauchte Cora und roch daran. Es war eine Strähne von Atis Haar, welches sich beim Kampf auf der Bühne im Hörsaal an dem Cyborg verfangen hatte.

„Ohhh!", raunte Cora, schloss ihre Augen und konzentrierte ihre Sinne auf Atis Energie, welche in ihrem Haar gespeichert war. Aus ihrer Haut ließ Cora zudem Nanoroboter schlüpfen, welche ihre Sensoren in die Haarzellen steckten und die extrahierten Daten an Coras Nerven weiterleiteten.

Cora schrie laut vor Zorn: „Das ist das Haar einer Frau. Einer

43

sehr mächtigen Frau, und sie wird bald schwanger sein, mit einem Kind, das uns noch viel mehr mit seinen Fähigkeiten bedrohen kann."

Vor Wut kochend schritt sie um den Cyborg herum und blickte der Maschine direkt in die Augen. „Cyborg. Diese Art von DNA ist in unserem Galaxiehaufen noch nie gefunden worden. Meine implantierte Hirn-KI hat berechnet, dass diese weibliche Person mit 99-prozentiger Wahrscheinlichkeit aus einer weit entfernten Galaxie stammt und, ich nehme an, da du uns angelogen und von ihr nichts erzählt hast, dass sie über spezielle kosmische Weisheit verfügt, die mir, so wie ich es deutlich spüre, größten Schaden zufügen kann. Du hast jetzt die Gelegenheit, uns von dieser Frau zu berichten, Cyborg."

„Sehr gerne, Majestät", antwortete der Roboter. Blitzschnell schlug er um sich, fegte den Professor und die zwei Wachen zur Seite, so dass sie gegen die Wände des Saals krachten, und donnerte dann mit seinen Fäusten auf Cora los.

Doch diese blieb ganz ruhig stehen. Ihre Bekleidung – eine Hightech-Mischung aus Karbon und organischen Zellen, welche optimal elektrische Ströme weiterleiteten – erzeugte ein energetisches Schutzschild, das die Schläge des Cyborgs abfing. Zudem waren ihre Knochen und Muskeln mit künstlichen, intelligenten Materialien upgegradet worden, so dass sie mehr Kraft hatte als der Cyborg. Mit aller Wucht packten mehrere Arme und Hände, die jetzt zusätzlich aus ihrem Körper und ihrer Kleidung hervorschossen, nach dem wild um sich schlagenden Cyborg und hoben ihn in die Luft.

Cora lachte bösartig. „Du zappelnder Jammerlappen!"

In seiner Verzweiflung und um Ati, Abe und Kid, so wie das Wissen um die Lokale Symmetrie zu schützen, zündete der Cyborg seinen Selbstzerstörungsmechanismus. Mit einer gewaltigen Explosion zerriss es ihn.

Die dunkle Königin wurde davon, dank ihres Schutzschildes, kaum betroffen. Es fetzte zwar einige Arme weg, doch diese wuchsen schnell wieder nach.

Wütend brüllte sie Professor DysDiv, der sich allmählich wieder berappeln konnte, an: „Wir müssen diese Frau und vor allem ihr Kind, das Mädchen, finden! Das ist ein mächtig seriös-prekärer Fall von allerhöchster nationaler Sicherheits-Sicherheit! Schicken sie jede Menge und noch viel mehr Erkundungssonden los. Aber dalli, DisDiv, du Dödelmeister von einem Professor. Finden sie das gefährliche Mädchen und erhöhen sie nochmals die Steuern!"

***

Abe und Ati lagen eng umschlungen am Strand ihrer Insel. Sanft kuschelte sich Ati an Abe heran, der sie sachte mit seiner rechten Hand streichelte. Es war die berauschendste Liebesnacht, welche die beiden jemals gehabt hatten. Das heißt schon etwas, denn Abe und Ati waren in Sachen Sex stets weltmeisterlich unterwegs. Die exotisch-mystische Energie der paradiesischen Insel inmitten des Meeres hatte sie zu neuen Höhen emporgehoben.

Über ihnen glitzerten die Sterne in der klaren, wolkenlosen Nacht. Vor ihnen über dem Meer bot sich den beiden ein faszinierendes Schauspiel. Große Schmetterlingsfische mit ihren irisierend leuchtenden, flügelartigen Flossen stiegen immer wieder aus dem Ozean empor und flogen einige Meter über die leichten Wellen hinweg. Die Körper der eleganten Wesen strahlten in einem Regenbogenlicht. Es war ein glitzernder Traum, in dem Himmel und Erde zutiefst eins waren.

Für kurze Zeit erschien es den beiden jedoch, als würde für ein paar Sekunden eine unheimliche und böse Energie durch den Äther rauschen. Ati zucke kurz auf, auch Abe schaute sich verwundert um. Doch der teuflische Gedankenblitz, der sich wie eine suchende Giftschlange bemerkbar gemacht hatte, verschwand schnell wieder. Kurze Zeit darauf waren die beiden friedlich eingeschlafen.

Die restliche Zeit ihres 7-Tage-Tripps verbrachten die beiden in bester Stimmung, teils planschend im Wasser, tauchend mit den großen Schildkröten, oder sie aßen sonnengereifte, süße Früchte unter den Palmen. Kleine, bunte Vögel gesellten sich zwitschernd und vertrauensselig zu ihnen und pickten Ati und Abe die nussigen Kerne der Früchte aus den Händen.

Die Xarataner bereiteten den beiden einen umjubelnden Abschied. Elsa blieb auf Xaratat zurück, um bei der Erforschung der Lokalen Symmetrie zu helfen. Unzählige Bewohner säumten den Weltraumflughafen, als Abe und Ati ihr Raumschiff bestiegen.

„Käsebrötchen", lachte Ati, als die beiden sich auf ihren Sitzen auf der Brücke des Transporters anschnallten.

„Genau, Käsebrötchen", bestätigte Abe mit einem Grinsen. Dann startete er den Antrieb und die beiden düsten mit Warpspeed in das verrückte Wurmloch, welches allem den halbwegs appetitlichen Geruch von Käse verpasste.

KAPITEL 4

LOSY Metropolis, oder kurz LOSY Met genannt, war die Heimat von Abe und Ati auf dem grünen Planeten LOCAL. Die Stadt war kein zentrales Gebilde, sondern bestand aus vielen autonomen und sehr unterschiedlichen Bezirken – manche an der Meeresküste gelegen, andere auf den grünen Wiesen, auf denen friedlich Kühe und Schafe grasten, andere wiederum befanden sich mitten in den Urwäldern und waren ganz dem Leben des Waldes angepasst. Die Elsas, die Ewigen-Lokalen-Symmetrie-Aufmerksamkeits-Sphären, lebten vornehmlich in den Wäldern, es sei denn, die Menschen brauchten ihre Hilfe. Die Künstliche Intelligenz war sich der zentralen Stellung der Lokalen Symmetrie im Kosmos ebenso bewusst und konnte daher ihre Fähigkeiten zum Wohl aller – Menschen wie Umwelt wie Robotern – einbringen.

Aus den Erkenntnissen des Studiums der Lokalen Symmetrie hatte sich ergeben, dass das konstruktive Fundament einer jeglichen Zivilisation ein glücklicher Boden mit freudigen Mikroben war. Als nächstes wurde darauf geachtet, dass die Naturintelligenz des

Kreislaufes eingehalten wurde, so dass nie giftiger Müll entstand – weder in der Biosphäre noch in der Technosphäre. Drittens war das Prinzip der freien Meinungsäußerung und der sich aus der Lokalen Symmetrie ergebenden ewigen Rechte des Individuums stets zu achten, damit Vertrauen und Kommunikation die Basis für alle sozialen Gemeinschaften und deren Institutionen war.

Das Geldsystem war lokal und gemeinwohlorientiert, große Banken gab es daher nicht. Wetten und Spekulationen, welche das Geld aus der Produktion von realen Gütern ziehen würde, war verboten. Erfindungen wurden hoch honoriert, die Wissenschaft und Forschung war frei, doch mithilfe der KI war sichergestellt, dass Wissen gemäß dem Open-Source-Prinzip allen zur Verfügung stand.

Tiere wurden gut behandelt, sie waren Freunde. Landwirtschaft war hoch angesehen, denn gesunde, nahrhafte Lebensmittel waren Quellen der Freude und des Glücks.

Eine schlagkräftige Abwehr gab es natürlich auch, allerdings waren die Strukturen und die KI so ausgerichtet, dass sich daraus keine globale Symmetrie, also alles kontrollierende, intransparente und zentrale Macht entwickeln konnte.

In einem wunderschönen Park gelegen, mit Seen, Baumgruppen und vielen bunten Blumen und farbenprächtigen Tieren befand sich die *1=2 Akademie*, in welcher ab dem Kindergartenalter den Kleinen und dann später den Jugendlichen auf unterschiedlichste, lockere Weise das fundamentale Naturprinzip nähergebracht wurde. Die Akademie, sowie andere Bildungszentren waren von den sechs Freunden – Ati, Abe, Isaac und Sally sowie Zac und Elli – gegründet worden.

Über dem Eingang zur Akademie, welcher ein schön geschwungener Holzbogen war, prangte ein leuchtendes Schild mit dem Namen der Akademie und deren Motto, welches auch auf Griechisch und Latein zu lesen war. Dadurch sollte daran erinnert werden, dass die Erforschung der Lokalen Symmetrie, welche von den Menschen auf den Planeten Erde einst begonnen worden war, ihre Wurzeln in längst vergangenen Zeiten der Antike hatte. In der neueren Zeit, welche als Moderne eingeordnet worden war, hatte der Physiker Albert Einstein schließlich wissenschaftlich den Beweis für die fundamentale Stellung der Lokalen Symmetrie in der Natur, im Kosmos, im Universum, liefern können.

1=2 Akademie
Wir lernen Lokale Symmetrie
Das Gesetz des Kosmos

Mathaínoume topikí symmetría
O nómos tou Kósmou

Discimus loci symmetriarum
lex mundi

Die Akademie mit ihren verschiedenen Gebäuden, die alle im goldenen Schnitt errichtet waren, duftete wunderbar nach Zirbenholz. Denn, wie die meisten Gebäude auf dem Planeten LOCAL, so war auch die Akademie aus sogenanntem Mondholz des Zirbenbaumes gebaut worden. Der Name Mondholz leitete sich von der Tatsache ab, dass die Bäume nur bei Vollmond geerntet wurden, da dann das Holz über Jahrtausende stabil blieb – im Sommer kühlte und im Winter die Wärme speicherte, so dass kaum Energie notwendig war, um sich in den Holzbauten pudelwohl und gesund zu fühlen. Der Duft der Zirbe und deren beruhigende Ausstrahlung wirkten sich deutlich positiv auf das Herzkreislaufsystems der Menschen aus.

Ein weiterer wichtiger Faktor für die gesunde Fröhlichkeit der Menschen von LOSY Met war, dass man sehr darauf achtete, dass weder Mensch noch Umwelt durch elektromagnetische Felder und Strahlung belastet wurden. Das kosmische Urprinzip der Lokalen Symmetrie hatte durch dessen Studium gezeigt, dass die konstante Lichtgeschwindigkeit c im leeren Raum dafür sorgte, dass sowohl die Raumzeit als auch alle anderen Naturphänomene – wie Energie und Masse, als auch alle Naturgesetze (kosmische Beziehungsregeln), von der kleinen Ebene der Quantenmechanik bis hinauf zur großen Ebene bestimmt durch die Gravitation –, sich nach dem Prinzip der Lokalen Symmetrie ausrichteten. Damit war klar, dass man sich auf dem Planeten LOCAL in der LOSY Metropolis maximal dafür einsetzte, dass Licht als Elektromagnetismus – und damit Elektromagnetismus allgemein – nie so eingesetzt wurde, dass dies dem Menschen und der Umwelt schadete. Es war auch klar, dass Elektromagnetismus nie so verwendet wurde, dass damit global-symmetrische, also unnatürliche, zentral-kontrollierende Macht entstand. Dies war unter Strafe gestellt und die KI war sich dessen bewusst und hielt sich daran, um sich nicht selbst durch die Illusion der globalen Macht in eine negative Selbstvernichtungsspirale zu manövrieren.

Ati war Lehrerin an der 1=2 Akademie, zusammen mit Elli Chang, eine der sechs jungen Helden, welche es einst auf dem Planeten Erde und im Weltall in wilden Abenteuern geschafft hatten, die tiefe Bedeutung von Einsteins Lokaler-Symmetrie-Entdeckung zu erkennen.

Schon drei Tage nach der Rückkehr von Xaratat hatten Ati und Abe ihre Berufe wieder aufgenommen. Abe war an der EINSTEIN-LOSY-UNIVERSITÄT im Bereich Physik in der Weltraumforschung als Professor tätig.

„Hey! Ati, schön, dass du wieder zurück bist!", rief ihr Elli zu, die gerade mit einer Gruppe von achtjährigen Schülern den Korridor mit ihren Bildern und Gedichten zur Lokalen Symmetrie schmückten.

Mit Küsschen-Küsschen begrüßten sich die beiden Freundinnen, während die Kinder Ati mit lautem HALLO willkommen hießen.

„Na, wie war euer Trip?"

„Gleich zu Anfang ein richtiger Kracher und dann danach nur noch schööön!"

„Du strahlst verdächtig. In der Pause treffen wir uns auf einen Kaffee und dann will ich wissen, was Mrs. Crystal unter *schööön* versteht!"

„Schau mal, Mrs. Crystal", sagte ein Mädchen mit langen Zöpfen und einem breiten Lachen.

„Das ist bezaubernd", entgegnete Ati und bestaunte den Schmetterling, welchen die junge Künstlerin gemalt hatte. Über dem Schmetterling mit seinen ausgebreiteten bunten Flügeln hatte das Mädchen die grundlegende Kosmos-Idee 1=2 geschrieben.

„Ihr wart richtig fleißig, was, Elli!"

„Ja, die Klasse war unaufhaltsam kreativ."

Ati schritt freudig und fasziniert den Gang entlang und genoss die vielen kunstvollen Gemälde und Gedichte:

Einsteins Geheimnis entschlüsselt:
Mit der Lokalen Symmetrie
entdeckte Einstein die fundamentale 1-Bit-Gleichung der Harmonie,
die in der Natur, im Kosmos, allem unterliegt,
so wie es die Erkenntnis aus Quantenmechanik und Gravitation ergibt.

Die Magie der Lokalen Symmetrie:
1=2 definiert zeit- & raumlose Lokale Symmetrie:
Eins ist Einheit, die Gleichheit tiefster Harmonie.
Zwei ist Mehr, also Aktion und damit Energie.
Somit ist klar wofür 1=2 im Kosmos steht:
Ewige, einfach schöne Kreativität.

Lokale Symmetrie ist Kosmos-Bewusstheit:
1=2 stellt kosmisches Bewusstsein ewiglich bereit.
Denn die Einheits-Eins ist gleich Zwei, die Unendlichkeit.
Warum? Ganz einfach: Die Eins ist Einheit,
die Zwei als Zahl ist mehr als Zweiheit.
Mehr hat mathematisch keine Grenze,
ist daher unendlich offen in der Gänze,
Daher umfasst 1=2 als Formel der tiefsten Selbstbewusstheit
Alles im Bewusstsein mittels Einheit-Eins=Zwei-Unendlichkeit.

Einstein in den Nachrichten:
Lokale Symmetrie ist fundamental.
Daher ist sie in allen Nachrichten zentral;
Als Basis aller aktuellen Neuigkeiten,
Um zu lernen, ob diese Lokale Symmetrie verbreiten.
Oder ob sie dem Prinzip der Natur widersprechen
Und so die tiefste Kosmos-Regel brechen.
Denn langfristig, aus Allgemeinwohl-Sicht
Ist es Lokale Symmetrie, die für alle Erfolg verspricht.

Es klingelte. Die nächste Stunde fing an.

„Ich muss los", sagte Ati. „Tolle Kunst habt ihr gemacht, Leute", setzte Ati hinzu und zeigte den Studenten beide Winner-Daumen.

„In der Pause will ich wissen, was so *schööön* war!", rief ihr Elli nach.

„Mrs. Crystal hatte guten Sex mit ihrem Ehemann, dah!", sagte ein Mädchen und ein Junge fügte hinzu, „ist dir das nicht klar, Mrs. Chang?!"

„Ab in den Unterrichtsraum!", lachte Elli.

Ati kam in den Chemiesaal gehastet, wo die 14-jährigen auf den Bänken des kleinen Hörsaals saßen. Vor der Tafel und dem großen Bildschirm stand Boris, der Android, welcher Ati während ihrer Abwesenheit vertreten hatte.

„Sorry, Leute!", sagte Ati, „bin mal wieder etwas zu spät."

„Hallo, Prof. Crystal", grüßten die Studenten.

„Mrs. Crystal, freut mich, dich wieder bei uns begrüßen zu können", sagte Boris und nickte Ati zu.

„Hi, Boris. Danke für die Vertretung."

„Kein Thema. War reine Freude für mich, Ati", meinte der Roboter. „Du siehst unglaublich erholt und höchst entspannt aus. Meine Sensoren registrieren optimale Level an Glücks--"

„Ich hatte einen sehr schönen Urlaub", meinte Ati.

„Wunderbar."

Auf den Bankreihen im Hörsaal kicherten die Studenten.

„Bitte, Leute", sagte Boris, „ich weiß nicht, was daran lustig sein soll. Statistisch gesehen gibt es zahlreiche Faktoren, die Menschen sehr glücklich machen. Essen zum Beispiel, Massagetherapie, Aromatherapie, Geburtstage und natürlich--"

„Danke, Boris, ich übernehme jetzt."

„Natürlich", meinte Boris und verließ den Hörsaal. „Man sieht sich, Leute! Macht nichts Dummes, was ich nicht machen würde!"

„Yo, Boris! Go, Boris! Yo, Boris!", rief ihm die Klasse freudig nach.

„Peace!", raunte Boris, als er die Türe hinter sich schloss.

Auf den Rängen wurde immer noch getuschelt und gekichert.

„Das kann ja heiter werden", grinste Ati. „Wo stehen wir mit dem Unterrichtsmaterial? Thomas?!"

„Heute wollte Boris mit uns die neusten Erkenntnisse zum Periodensystem der chemischen Elemente durchnehmen", antwortete ein Junge aus der Mitte des Studenten.

„Okay. Das ist in der Tat super spannend", begann Ati den Unterricht. „Also, unsere Forscher am *Einstein-LOSY-Institut für angewandte Chemie* haben festgestellt, dass das Periodensystem numerisch gesehen die Harmonie der Fibonacci-Reihe und des Goldenen Schnitts beinhaltet. Freunde, das ist der absolute Hammer. Denn, Prof. Saltam und ihr Team konnten zeigen, dass das

Periodensystem als Ganzes einen speziellen Eigenschaftsraum verkörpert, der die Harmonie des Goldenen Schnittes beinhaltet: zum Beispiel dadurch, dass wir ein Zusammenlaufen der Verhältnisse von Protonen und Neutronen für stabile Atomkerne, was die Anzahl dieser Teilchen anbelangt, haben. Was hat das mit Lokaler Symmetrie zu tun?"

Viele Handsignale waren zu sehen.

„Henry, bitte", entschied Ati und nickte einem Jungen mit strubbeligen Locken zu.

„Der Goldene Schnitt ist, ebenso wie die Fibonacci-Reihe, ein Ausdruck von Lokaler Symmetrie."

„Sehr gut. Kann jemand nach vorne an die Tafel kommen und uns das aufzeichnen und genauer erklären?" Ati blickte in die Runde. „Ja, bitte, Naura."

Die 14-jährige Studentin mit ihrem coolen Look – schwarze Haare mit einer rosa Strähne, silbern-glitzernde Ringe in der Nase, in den Ohren und an den Fingern – hüpfte in ihrem Lederrock und den dicken schwarzen Boots locker die Treppe in der Mitte des Hörsaals hinunter zur Tafel. Ein Junge pfiff ihr nach.

„Träum weiter, du Weichei!", feixte das junge Mädchen und kam mit einem Satz und einer Pirouette vor Ati zum Stehen.

„Wie findest du meinen neuen geilen Look?"

„Sehr innovativ, Naura", lachte Ati und reichte ihr eine Kreide. „Dann leg mal los, du morgendlicher Durchstarter."

„Geht klar, Boss", grinste Naura und zeichnete das Verhältnis des Goldenen Schnitts an die Tafel: der kleine Teil verhielt sich zum großen Teil, wie der große Teil zum Ganzen. Und das, die sich unendlich wiederholende Einheit von Klein (1) und Groß (2), so erläuterte Naura im Detail, war ein eleganter Ausdruck der raum- und zeitlosen Logik der mathematischen Ur-Idee und Beziehungsregel des Kosmos: Lokale Symmetrie.

KAPITEL 5

„HEY!", riefen die vier Freunde, Zac, seine Frau Elli, sowie Sally und ihr Dauerfreund Isaac, als sie die Bude von Abe und Ati stürmten.

„Hallo, Leute", begrüßten Ati und Abe ihre Teamkollegen. Zusammen hatten die sechs als junge Teenager, zuerst paarweise und später dann als Gruppe, maßgeblich dazu beigetragen, dass Albert Einsteins wichtigste, wissenschaftliche Erkenntnis Schritt für Schritt verstanden und auch publik geworden war. Natürlich hatten alle Paare, sowie das gesamte Team, immer wieder mit mächtigen Gegnern zu tun gehabt, die zu verhindern suchten, dass die Menschen auf Planet Erde von der Lokalen Symmetrie als grundlegendem Naturprinzip erfuhren. Denn die dunklen Mächte bauen ihre rücksichtslose Illusionsmacht stets auf globaler Symmetrie auf und damit genau auf jenem beknackt-selbstzerstörerischen Standard, welcher im materiell-physikalischen Kosmos nicht funktioniert. Der Kosmos ist ja nicht bescheuert und macht Sachen die jeglichen Spaß verderben. Bei Menschen und ähnlichen Kreaturen setzen sich dumme Hirnfürze leider öfters mal durch, weil manche Spezis ernsthaft glauben, mit Technologie könne man schlauer sein als der wunderbare Kosmos (Griechisch für „Ordnung").

Die sechs Freunde umarmten sich, die Mädels verteilten Küsschen und Bussis und Abe und Ati bekamen kleine Geschenke überreicht. Alle waren froh, dass die Aufklärungsreise nach Xaratat so erfolgreich verlaufen war und die beiden Botschafter, Abe und Ati, wieder unversehrt auf den Planeten LOCAL zurückgekehrt waren, wo die sechs Freunde seit einiger Zeit in der LOSY-Zivilisation lebten. Die Bewohner von LOSY Met hatten intuitiv, zusammen mit den Elsas, viele konstruktive Wege gefunden, Lokale Symmetrie zum Wohle aller umzusetzen – lange bevor sie von Einsteins revolutionärster Entdeckung durch die sechs Amigos erfahren hatten.

„Das Abendessen ist serviert", meldete sich Alpha, der Haushaltshilfe-Cyborg. „Bitte, kommt alle in den Garten!"

„Was gibt es? Barbecue?"

„Nein, Zac. Was viel Sensationelleres", lachte Abe.

„Es gibt was Sensationelleres als Dinge braun zu brutzeln?"

Alpha leitete die Gruppe durch das geräumige Wohnzimmer.

„Kommen XH-Thyron und Präsident Mitchell?", fragte Sally.

„Ich habe ihnen eine Einladung gemailt. Ich glaube, die beiden sind an den großen Seen beim Fischen", antwortete Ati.

Nun kamen sie auf die schöne, mit Laternen beleuchtete Holzterrasse im Garten, der von vielen Bäumen eingezäunt war.

„WOW!", staunten die vier Gäste. Auf einem großen Tisch mitten in der Wiese neben dem kleinen Teich leuchtete eine super-enorme gelbe Kugel in den Abend hinein.

„Was ist das denn Kesses, Ati?", fragte Sally und machte gleich ein Foto.

„Habt ihr ne kleine Sonne auf eurer Weltraumreise eingefangen?", hakte Isaac verdutzt nach.

„Kommt schon, was ist das?!", sagte Zac, „ein 3D-gedruckter, Pfannkuchen mit Leuchteffekten?"

„Nicht ganz", erwiderte Abe und blickte grinsend zu Ati hinüber.

„Es ist eine Alumeranumedakula", erläuterte Ati, „kurz Alukula genannt."

„Ich bin kurz davor schwer beeindruckt zu sein", witzelte Isaac.

„Ist das eine Frucht von Xaratat?"

„Bingo! Genau, Elli", bestätigte Abe.

„Ist sowas legal? Ich meine, wie kauft man das Ding ein? Mit nem Bagger?", wunderte sich Zac.

„Ne, Kumpel", klärte Abe auf, während alle zu dem Tisch schritten, um sich etwas von der Mega-Frucht zum Essen zu holen. Dann setzten sie sich auf die Hocker, welche um ein Lagerfeuer postiert waren. Abe erläuterte weiter: „Die Frucht ist am Baum mini-klein. Das Ding wächst aber nach der Ernte noch sechs Monate happy weiter."

„Diese Alukula hat erst drei Monate nachgereift", fügte Ati hinzu.

„Damit kannst du ne ganze Profi-Fußballmannschaft vollwertig und preiswert ernähren", lachte Isaac.

„Wir dachten, wir sechs fangen heute Abend mal an, das Ding anzuknabbern und morgen gibt es den Rest als Dessert in der 1=2 Akademie."

„Schmeckt die Alukula so gelb wie sie aussieht?"

„Gelb, süß und cremig. Genau was für starke Männer", beantwortete Ati Zacs Frage mit einem Zwinkern.

„Na dann, ran an die Vitamine!", meinte Sally.

Die sechs Freunde nahmen sich Teller und schnitten sich große Stücke der Superfrucht ab.

„Oh, oh, oh!", war Elli gleich zu hören, „das Früchtchen ist aber ne ultra-kosmische Geschmacksbombe!"

Alle lachten und während sie schlemmten – von der köstlichen Mega-Frucht konnten sie gar nicht genug bekommen und dazu gab es ein süffiges Weinchen von Xaratat – tauschten sie Neuigkeiten aus und schwelgten in Erinnerungen an ihre Abenteuer auf dem Planeten Erde und im Weltall, als sie als Teenager Einsteins Lokale Symmetrie so richtig auf das Radar der gesamten Menschheit gebracht hatten. Alpha, der Cyborg, feierte mit und hatte einen Heidenspaß dabei, die gesunden Inhaltsstoffe der Superbirne, wie er sie nannte, zu entschlüsseln. Der gallertartige Vitaminkomplex unter der Schale der Frucht war besonders gut für die natürliche Cyborg-Haut geeignet, welche in speziellen Nährlösungen aus menschlichen Stammzellen kultiviert wurde.

„Das reduziert den Fältchen-Faktor um ca. 55,351 Prozent", berechnete Alpha.

„Und da sag einer, Mathematik wäre zu theoretisch-abstrakt!", prustete Zac.

Alle schmunzelten herzhaft.

„Sir, Abe", flüstere Alpha, nachdem sich das Lachen in der Runde wieder gelegt hatte. „War der Witz von Zac wirklich so gut? Ich habe nämlich nur eine zwanzigprozentige Lacherfolgswahrscheinlichkeit kalkulieren können."

„Du darfst den Alkohol nicht vergessen, Alpha."

„Natürlich. Der reduziert das Denkvermögen wie bei einem leichten Unfall um 33,334 %, so dass aufgrund der geistig-temporären Hemmschwellenreduzierung der dünne Witz auf einmal eine 70-prozentige Lachnummer ist."

„So ähnlich funktioniert die Realität", flüsterte Abe zurück.

Alpha fing plötzlich an laut zu lachen.

Abe erklärte: „Alpha hat gerade bemerkt, dass er um rund 50 Prozent zu wenig bei deinem Witzanlauf von gerade eben lachte, Zac!"

„HAHAHA!", kicherte Alpha. Dann stoppte er abrupt.

„Humor ist was Mysteriöses."

„Drum heißt es ja auch: Humor ist, wenn man trotzdem lacht. PROST!"

Beschwingt von der kosmischen Süße der XXL-Frucht und dem fröhlichen Weinchen von Xarartat entwickelte sich der Abend in eine gesellige, lustige Nacht.

„Eine Frage hab ich noch", meinte Alpha dann als es Mitternacht war und der Sternenhimmel über ihnen funkelte.

„Schieß los, Kumpelchen", hickste Isaac.

„Warum hat Mrs. Ati den ganzen Abend nur Himbeersaft und keinen Wein getrunken?"

Plötzlich wurden alle ganz still. Ihre vier Freunde und ihr Mann, Abe, blickten Ati mit großen fragenden Augen an. Ati lächelte freudig zurück.

„Was ist?", fragte Alpha verwirrt. „Ist meine Frage zu schwierig, oder habe ich mal wieder was Genial-Kompliziertes gesagt?"

„Alles OK, Alpha", sagte Ati sanft. „Ich bin schwanger."

Lautes „WOW" und „OHHH" erfüllte die Nacht. Atis Freunden und ihrem Ehemann war gar nicht aufgefallen, dass Ati heimlich immer nur Himbeersaft genschlürft hatte. Abe ging zu seiner Frau und gab ihr einen innigen Kuss.

„Was für eine dumme Frage meinerseits", grummelte Alpha. „Ich werde bei der nächsten Party meinen IQ nur um 70 Prozent und nicht um 85 Prozent reduzieren, damit ich bessere, menschenähnliche Konversation betreiben kann."

„Alles kein Problemo, Alpha, du Rechengenie. Du bekommst das noch genau hin mit dem richtigen IQ für Partysituationen", meinte Abe belustigt, während alle aufstanden, um Ati zu umarmen.

„Feedback-verstärkendes Umarmen, genau", plapperte Alpha und gesellte sich zu der Gruppenumarmung dazu.

„Wie weit bist du, Süße?", wollte Sally wissen.

„12 Tage", antwortete Ati.

„12 Tage?!" Alle waren verwirrt und ließen von Ati wieder los.

„Ja, es war jene magische Nacht auf der Insel auf Xaratat", sagte Ati und schmiegte sich fest an Abe.

Zac und Isaac zwinkerten Abe anerkennend zu.

„Warst du bei einem Arzt, um dich--"

„Nein, Elli. Ich weiß es einfach. Seit jener Nacht und schon einmal davor auf Xaratat höre ich immer wieder diese feine Sphärenmusik. Sie ist schon ständig bei mir."

„Sie?!", fragte Abe überrascht.

„Ja, es wird ein Mädchen. Sie ist was Besonderes", bestätigte Ati und Abe drückte sie noch intensiver an sich heran. Ihre Freundinnen hatte kleine Kullertränen der Freude in den Augen.

„Emotional-stabilisierende, sozial-förderliche, intelligente Sofort-Gruppenumarmung Nummer 2", sagte Alpha.

Alle mussten kichern und Freudentränen purzelten weiter aus den Augen, als sich die Gruppe erneut in die Arme nahm.

BUMMM! Die Erde bebte. Die sechs und Alpha schreckten auf und blickten um sich.

„Hallöchen, zusammen!" XH-Thyron, der große Löwe/Bär-Haudegen und der ehemalige US-Präsident, Terence Mitchell, waren gerade mit Fallschirmen im Garten neben dem See gelandet.

„Sorry", meinte Mitchell, „dass wir ein bisschen spät dran sind. Aber wir haben eure Einladung erst vor ein paar Stunden erhalten und sind sogleich zurückgekehrt."

„Haben wir euch gerade bei nem emotionalen Gruppenumarmungsmoment gestört?", fragte XH-Thyron, der behaarte Koloss, während er sich von seinem Fallschirm löste.

Alle sechs Freunde grinsten leise.

„Was ist? Habt ihr den Nachtisch ohne uns verdrückt?", hakte XH nach.

„Ati ist schwanger", platze es stolz aus Abe heraus.

„Oh-ho! Das ist großartig", sagte Mitchell. Er ging zu Ati und nahm sie in den Arm. „Nach all den Abenteuern, die ich mit euch sechs durchgefochten habe, ist mir das eine große Freude, dass ich das erleben darf."

„Es wird ein sehr besonderes Mädchen, stimmts?", fragte XH, der trotz seiner Supergröße und furchteinflößendem Erscheinungsbild ein ziemlich feinfühliger Gemütswollknäul war, wenn er nicht gerade als wilder Krieger mit seinen sechs Freunden ein halsbrecherisches Abenteuer aufmischte.

„Woher weißt du das?", staunten alle.

„Ich hab letzte Nacht von ihr geträumt", sagte XH leise. „Ziemlich quirliges Baby, die süße Kleine."

„Geträumt?!", warf Mitchell ein, „du hast geschnarcht, dass die ganze Hütte gewackelt hat.

Alle mussten lachen.

XH-Thyron nahm Ati hoch und drückte sie fest an sich. „Du...", flüsterte er und drückte sie noch mehr an sich.

„Basierend auf meinem Wissenstand über menschliche Gruppendynamik, wäre jetzt eine weitere wertvolle, sozial-adäquate Gelegenheit, dass wir uns alle erneut umarmen", war Alpha zu hören.

„Was würden wir auch ohne die KI-Algorithmen machen?!", witzelte Zac und erneut schlossen sich alle in die Arme.

***

"Ich hasse es!", fauchte Cora in ihrem großen, stählern-schwarzen Thronsaal, hoch oben in ihrem Turm. „Ich spüre es förmlich, dass diese Frau glücklich ist. Unfassbar!"

Wütend hüpfte Cora auf einem Bein herum. Prof. DisDiv stand verlegen vor seiner erzürnten Königin.

„Warum zum Teufel hüpfe ich eigentlich auf einem Bein, DisDiv?", fauchte die erboste Herrscherin des Planeten Banxs.

„Weil ihr einfach genial seid, eure Majestät. Selbst in größter Rage, könnt ihr noch alles unter Kontrolle halten."

Die schmeichelnden Worte besänftigten die wild gewordene Dame. „Das klingt sehr überzeugend, DisDiv. Trotzdem möchte ich, dass diese Episode unter uns bleibt." Mit diesen Worten stand sie wieder auf zwei Beinen. „Warum sind sie eigentlich hier?", hakte Cora nach.

„Genau. Zum einen ist es mir natürlich eine Ehre eure Gegenwart--"

„Ja-ja. Mach vorwärts, Professor", unterbrach ihn Cora.

„Zum anderen habe ich Neuigkeiten. Aus den Zellen des lila Haares haben meine Leute DNA der Frau extrahiert, die sehr besonders ist--"

„Besonders?", fragte Cora mit eisernem Blick.

„Na ja, niemand ist so besonders wie ihr, Hoheit. Aber dennoch. Die DNA enthielt außergewöhnlich viel Extrainformation, wie es sonst bei organischen Lebewesen nicht der Fall ist."

„Soll ich raten?", schnaubte Cora.

„Nein, Hoheit, ich wollte nur eine kurze dramatische Pause machen, um die Wichtigkeit der entdeckten Information zu unterstreichen."

„Lass das alberne Theater, DisDiv. Wenn ich mich langweilen will, höre ich mir an, worüber sich meine Untertanen Sorgen machen. Was habt ihr entdeckt?"

„Lokale Symmetrie."

Cora blickte den Professor fragend an. „Lokale Symmetrie? Was ist das? Ein Modelabel?"

„Nein, Hoheit. Nein, es ist das, was wir auf Planet Banxs den Gleichheits-Imperativ im Kosmos nennen. Es ist das Prinzip, worauf alles an Naturgesetzen und Phänomenen aufbaut. Wir haben nur dafür gesorgt, durch Ermordung von Physikern, durch die Einführung komplizierter Sprache, usw., dass das Wort **lokal** nie zusammen mit dem Begriff Gleichheits-Imperativ benutzt wird, um unser Herrschaftssystem, das ganz auf höchst unnatürliche, global-zentralistische Macht setzt, nicht zu gefährden. Die Bewohner auf Planet Banxs und die KI sollen ja keine dummen Gedanken bekommen, so wie der Cyborg, der sich selbst vernichtete."

„Kein Wunder wird mir schlecht, wenn ich an diese Frau denke, oder das Kind, das sie gebären wird."

Zornig donnerte die Königin auf ihren schwarzen Stiefeln mit den hohen Absätzen zu dem großen Fenster hinüber und blickte auf die Stadt One-Zero-City unter ihr. Wie immer war der Himmel mit dunklen, giftigen Wolken bedeckt. Hin und wieder zuckte ein Blitz aus dem Schwarz am Himmel auf die Häuser hernieder.

„Seit Jahren zerstören wir fortlaufend alle möglichen Beziehungsformen zwischen den Menschen hier, nicht zuletzt durch unser Geld- und Finanzsystem, das nur uns Herrschenden dient, aber alle Bewohner auf unserem Planenten arm und unglücklich macht.

Wir zerstören die Gehirne der Bevölkerung, um sie lenkbar und beziehungsunfähig zu machen. Wir kontrollieren alles mit Kameras, Satelliten und Propaganda und der Definition des Bit mit 1 und 0, damit auch hier nicht der Gleichheitsimperativ, oder die sogenannte Lokale Symmetrie von 1=2 erkannt werden kann. Wir zerstören die Natur, die Nahrung, die Luft. All das machen wir, nur um diese verdammte Idee der Lokalen Symmetrie unter Kontrolle zu halten. Und nun kommt da irgendwo in einer entfernten Galaxie ein Mädchen zur Welt, das eine unglaublich starke Verbindung zur Lokalen Symmetrie hat?! Das ist zum Aus-der-Haut-Fahren!"

„Eure Hoheit, wenn--"

„Ruhe, du Quatschkopf!"; befahl Cora und polterte zurück in die Mitte ihres Thronsaals. „Computer! Hole Cancor, den dunklen Kristall hervor!"

„Das schon wieder", stöhnte Prof. DisDiv, der das flirrende Licht des dunklen Kristals nicht sehr mochte.

Der magisch-diabolische Kristall namens Cancor sog all die Lebensenergie, die Freude und Inspiration, welche auf Planet Banxs durch die kontinuierliche Zerstörung des Prinzips der Lokalen Symmetrie den Menschen entzogen wurde, in sich auf. Aus dieser gestohlenen Energie durch künstlich erzeugtes Leid erhielt Cora ihre perfide Macht, eine illusionäre Größenwahnvorstellung, welche sie über alles liebte – so wie sich selbst.

Aus dem Fußboden in der Mitte des Thronsaales, in dem sich

eine große Öffnung gebildet hatte, schwebte der dunkle Kristall empor und erfüllte den Raum mit seinem flackernden, bläulich-grauen Licht.

Prof. DysDiv zog sich eine dunkle Schutzbrille auf, während Cora mit weit aufgerissenen Augen und einem verrückten Grinsen im Gesicht direkt in das zerrissene Licht des Kristalls starrte. Begeistert sah sie ihr Spiegelbild, ihren großen Kopf mit der noch größeren, eisernen Krone.

„Komm her, du überbezahlter Quacksalber!", befahl Cora, „sieh mit in den Kristall. Sei Zeuge, was er uns sagt."

„Da schneid ich mir doch lieber die Fußnägel mit ner Beißzange", grummelte DisDiv. Widerwillig ging er zu dem Kristall, denn je näher er kam, desto mehr spürte er Schmerzen in seinem Körper.

Cora war jedoch so durchgeknallt, dass Schmerzen für sie die einzige Quelle für kurze Momente der Selbstwahrnehmung waren. Ein qualvoller Kick nach dem anderen.

„Hahaha!", lachte Cora, während DisDiv mit schmerzverzerrtem Gesicht neben ihr stand. „Sag es uns, Kristall Cancor, wie besiegen wir dieses blöde Miststück mit der frechen Göre, die sie gebären wird?"

Eine große, teuflische Fratze erschien in dem lodernden Kristall. Mit dunkler Stimme donnerte es: „Töte das Mädchen und verleibe dir seinen starken Geist mit seiner Verbindung zur Lokalen

Symmetrie ein."

„Das ist alles?", fragte Cora etwas erstaunt.

„Yep", entgegnete der dunkle Kristall.

„Was denn, sind wir jetzt in einem Märchen gelandet? Soll ich keine geniale, böse Super-Maschine bauen, Wurmlöcher verknoten, oder sonst was machen?"

„Ne", grollte die Teufelsfratze im Kristall Cancor. „Du musst sie nur umbringen. Aber lass dir gesagt sein: Das wird schwierig genug werden."

„Was is'n das für ne Ansage?", fauchte Cora verärgert. „Geht es noch unkonkreter!"

„Hey, du blöde Schwätze", maulte der Kristall zurück. „Wenn es dir nicht passt, dann ändere die Postleitzahl für den Regierungsbezirk oder mach sonst was bürokratisch Sinnloses. Aber hör auf mich anzupissen. Das Mädchen ist ne harte Nuss, OK. Ihre Kraft vernebelt meine Fähigkeit, die Zukunft genau zu sehen. Das ist total nervig. Ich bin jetzt sauer und hab keine Lust mehr auf dich und den Bimbo neben dir. Ende der Durchsage." Mit diesen Worten verschwand der beleidigte, böse Kristall wieder im Fußboden, der sich daraufhin schloss.

„JA GEHT'S NOCH!", brüllte Cora und schmiss ihre Krone zu Boden. „Das kleine Mädel, der kleine Windelscheißer, ist noch nicht mal geboren und sie bereitet mir schon Stress. DisDiv, du eingebildeter Nichtsblicker! Mach was! Zünde das Universum an.

Erhöhe die Steuern. Egal was. Wenn ich eins nicht ausstehen kann, dann ist es das Wort K-O-N-T-R-O-L-L-V-E-R-L-U-S-T!"

DisDiv hob die schwere Krone auf und gab sie Cora zurück. „Eure Majestät, ich habe in gewissem Sinne gute Neuigkeiten."

„Hast du?! Warum sagst du mir das erst jetzt, du Gehirnnuss. Und zieh gefälligst die blöde, schwarze Brille runter."

„Ich wollte es euch ja vorhin sagen, Hoheitigste", meinte DisDiv, der seine Brille wegsteckte, „aber ihr wart so in Fahrt."

„Jetzt bin ich noch mehr in Fahrt und zwar gewaltig und auf Volldampf. Also beeil dich, bevor ich dich umfahre!"

„Wir haben durch Rekonstruktion der DNA-Information eine gewisse Ahnung, wo im Universum sich diese Frau mit den lila Haaren aufhält."

„Eine gewisse Ahnung? Geht es noch nutzloser?!"

„Wir müssen noch daran arbeiten. Doch die Chancen stehen gut, dass wir die genauen Koordinaten herausfinden."

„Was glotzt du mich dann so dumm an. Los, verzieh dich. Mach dich an die Arbeit, DisDiv. Ab. Marsch-Marsch!"

„Jawohl, eure aller gnädigste Majestätshoheitigste. Ich werde gleich mit meinem Team losfummeln, damit wir die Tomaten finden, ähm, ich meine die Koordinaten und so weiter…" Mit diesen Worten stolperte DisDiv aus dem Thronsaal.

„Kinder! Bringen doch nichts als Ärger mit sich!", zischte die dunkle Königin.

Kids Rettungskapsel war in den Gravitationssog eines vereisten Planeten geraten und dort eingeschlagen. Mit Mühe und Not hatte sich Kid aus der eiserenen Kugel befreit und stapfte nun seit Tagen durch die Eiseskälte. Es wehte ein scharfer Wind, Schnee und Eisregen peitschten dem Roboter ins Gesicht und seine Energiereserven entleerten sich rapide. Es dauerte nicht mehr lange und Kid brach regungslos zusammen.

Doch plötzlich erwachte Kid wieder mit neuer Energie. Er schaute sich um. Zu seiner Verwunderung lag er auf dem Boden einer großen Halle, welche spärlich beleuchtet war. Überall konnte Kid elektronische Apparaturen, Roboterteile und allerlei technisches Werkzeug sehen.

Das Gesicht eines alten Mannes mit einem dichten Bart und einer warmen Mütze auf dem Kopf erschien über ihm. Angezogen war der alte Kauz mit einem dicken, verschlissenen, weißen Wintermantel. Mit seiner rechten Hand, die in einem Handschuh steckte, wedelte er über Kids Gesichtsfeld.

„Na, Kleiner, bist du wieder aufgeladen?!"

„Ja, danke", antwortete Kid und richtete sich auf. Jetzt sah er, wie riesengroß die Halle war und, dass darin sich noch viel mehr Maschinen befanden – allerlei Fahrzeuge, Raumschiffe.

„Ich heiße Doc Joe", brummte der Alte, „willkommen am

Arsch des Universums."

„Ich wusste gar nicht, dass der Kosmos einen…sie wissen schon hat", entgegnete Kid, der vorsichtig von einem Bein auf das andere wechselte, um seine Gehfähigkeit zu testen.

„Das war nicht wörtlich gemeint, Cyborg."

„Ich heiße Kid."

„Okay, Kid. Kommen wir gleich zum Tagesordnungspunkt #1." Mit diesen Worten holte Doc Joe eine Laserpistole hervor und richtete sie auf Kid. „Du hast drei Sekunden mir zu erklären, warum du hier bist und vor allem, warum ich dich nicht wegballern soll."

Kid quasselte kurz etwas völlig Unverständliches.

„Was war das für ein Wortfurz, Blechbüchse?!"

„Sie sagten, ich hätte nur drei Sekunden. Da hab ich alles eben 10 000 mal so schnell gesagt."

„Du scheinst einer von der Komikersorte zu sein", grummelte Doc Joe und ließ seine Laserkanone sinken. „Wenn du ne echte Killermaschine wärst, dann würdest du nicht so rumsülzen, sondern rumschlagen und rumschießen. Wie kommt es, Kleiner, dass du so scheiß friedlich bist?"

„Mein Vater, ich meine, der namenlose Cyborg, der mich zusammengebastelt hat, hat mir einen Auftrag gegeben. Ich soll mich um die grundlegende Idee des Kosmos kümmern, die Lokale Symmetrie, welche ein Physikergenie namens Albert Einstein entdeckte, und mich dazu mit einem Ehepaar der LOSY-Zivilisation

75

in Verbindung setzen."

„Was du nicht sagst?!", wunderte sich Doc Joe. „Denn eigentlich müsstest du Eigentum der Verbrecherbande auf dem Planeten Banxs sein. Zumindest deuten die Seriennummern und die Logos auf deinen Einzelteilen darauf hin.

„Nein, Sir, mein Vater hat mich speziell auf die von mir gerade beschriebene Mission angesetzt."

„Das ist verdammt noch mal interessant und gleichzeigt zum AUSRASTEN!", fluchte Doc Joe und ballerte wütend auf einen Haufen Geräteschrott.

„Ist ihnen nicht gut, oder sind sie von Natur aus ein Ausraster?"

„Beides, du Spaßvogel."

Doc Joe zog sich zurück in sein Büro/Wohn-Schlafzimmer, wo ein Kaminfeuer brannte. Verdrießlich setzte er sich auf einen Sessel, nahm eine Whiskyflasche und trank einen großen Schluck.

Kid kam in das Zimmer. „Zum Wohl."

„Zum Kotzen wäre passender", krächzte der Alte, als er einen weiteren Schluck runterspülte.

„Das ist ein multifunktionaler Raum hier, wie ich sehe."

„Kacke, ja. Wie die ganze verfluchte Station hier."

Kid setzte sich auf einen alten Stuhl, dessen Lederbezug schon ganz zerfetzt war. Ruhig starrte er zu Doc Joe hinüber.

„OK, bevor du nach fünf Stunden des Schweigens doch anfängst zu fragen. Ich war hier Chef der Entwicklungsabteilung für KI, Roboter, Cyborgs und so Zeugs. Eines Tages hab ich bemerkt, dass die KI uns saugefährlich werden kann, weil wir auch gar nicht verstanden, wie ihr Elektro-Fritzen wirklich lernt. Die professionell unterbelichtete und ahnungslose Regierung und ihre Beratergremien wollten meine Warnungen aber nicht ernst nehmen. Da hab ich die Atmosphäre des Planeten mit elektromagnetischer Strahlung geschrottet, so dass hier alles vereiste. Die Energie ging schnell aus, weil ich auch die Reaktoren lahmlegte und damit der Spaßfaktor auf null floppte. Die Bevölkerung verließ in den Raumschiffen den Planeten. Sie wurden dabei von den überlebenden, noch aktiven Cyborgs gekillt, da die KI zu dem Schluss kam, dass wir Borelianer gefährlich für sie sind. Keine Ahnung wo die Cyborgs mit den gekaperten Raumschiffen abgeblieben sind."

„Klingt nach reichlich viel dramatischer Information", meinte Kid.

Doc Joe nahm noch einen großen Schluck aus der Pulle. „Und jetzt kommst du daher, du Daumenlutscher, und erzählst mir, dass du friedlich bist, weil dir dein Zusammenbastler eingetrichtert hat, dass du dich um Lokale Symmetrie, die grundlegende Idee des Kosmos, kümmern sollst."

„Ja, Doc Joe. Das, was ich über Lokale Symmetrie weiß, macht sehr deutlich, dass das Konzept der Beziehung im Universum zentral ist. Wenn ich gleich alles über den Haufen schieße, dann kann sich nichts mehr entwickeln. Ganz einfach."

Mit einem Wutschrei pfefferte Doc Joe seine Flache in die Ecke, wo sie knallend zerbarst.

„Es wird recht schwierig für sie werden, ihr Getränk weiter einzunehmen", meinte Kid und deutete auf die Pfütze.

„Ihr Cyborgs könnt doch alles zu Tode analysieren. Nicht mal aufregen kann man sich ordentlich bei dem sachlichen Gelaber."

Doc Joe schwieg eine Weile und starrte in die kleine Flamme in seinem Kamin. Dann lachte er leise in sich hinein.

„Oh, Mann. Vor lauter Einbildung und Wichtigtuerei ist keiner von uns Superprogrammierern damals darauf gekommen, den Cyborgs Lokale Symmetrie als Bezugssystem einzuspielen. Was für eine himmlische Scheiße. So viel Arbeit und Entwicklung und die einfachste Grundformel des Universums haben wir ignoriert. Lokale Symmetrie lässt euch KI offenbar holistisch denken und setzt euch zugleich Grenzen, die euch scheinbar konstruktiv machen. Und schrägen Humor gibt es obendrein. Leck mich doch am Arsch."

„Meinen sie das wörtlich oder ist das wieder nur so ein Ausdruck."

„Es ist wieder nur so ein Ausdruck. Du kannst ganz entspannt sitzen bleiben, Kleiner. Und hör auf Sie zu mir zu sagen, sonst bekomm ich noch Sodbrennen oder sowas."

„Da wir somit sonst gerade kein aktuelles Tagesziel haben,

dürfte ich da gerne meine Mission nochmals zur Sprache bringen."

„Freundlich quasseln?"

„Nein, Doc Joe. Das LOSY-System finden, damit ich mich mit Abe und Ati Crystal connecten und mich verstärkt um Lokale Symmetrie kümmern kann."

„Na dann wollen wir mal schauen, ob sich da was finden lässt?!" Mit diesen Worten verließ Doc Joe seine Behausung. „Komm schon, Kleiner, hoppihopp!"

Zusammen gingen die beiden in eine Art Kommandozentrale, die so leer und trostlos aussah, wie alles in dem unterirdischen Areal. Doc Joe fläzte sich auf einen Stuhl vor einem Touchscreen-Bedienungsfeld und schaltete die Apparatur an. „Mach schon", schnauzte der Alte, denn die Maschinerie wollte nicht so recht anspringen. „Na endlich!" Mit seinen kalten Fingern tippte Doc Joe den Namen LOSY-SYSTEM ein. Sofort fing der Computer an, danach zu suchen.

„Kann ne Weile dauern, da das uns bekannte Universum schon recht groß ist, und wir Daten zu ganz schön viel Galaxien und Galaxiehaufen durchforsten müssen."

„Soll ich solange etwas zum Zustand der Anlage hier unten sagen?"

„Nein, sollst du nicht. Es reicht, wenn du die Klappe hältst."

„Halten? Wie soll ich welche Klappe halten?"

„Oi-oi. Sei einfach nur still."

„Sehr gerne. Das kann ich auch."

Doc Joe schüttelte den Kopf und seufzte, während der Computer die Datenbanken durchkämmte. Dann kam die Erfolgsmeldung: Das LOSY-System war gefunden worden. Auf dem Bildschirm zeigte der Computer die Galaxie in Bezug auf den Eisplaneten Borelian an.

„Treffer!", freute sich Kid.

Doc Joe verzog das Gesicht. „Nicht so voreilig, Kid, das LOSY-System ist dann doch etwas weiter als nur ein paar Gehminuten entfernt."

„Ja und. Wozu gibt es Raumschiffe und Wurmlöcher?"

„Vorausgesetzt die Raumschiffe und die Wurmlochtechnologie funktionieren, dann wäre die Reise machbar."

„Wäre es angebracht, wenn ich jetzt *Ach du dickes Ei* sagen würde."

„So was in die Richtung, Kleiner. Denn, wie gesagt, hier unten ist so ziemlich alles tiefgekühlt und eingemottet."

Doc Joe stand auf. „Ich hab da einen mächtig schlechten Plan, der wahrscheinlich voll in die offene Hose geht. Sollte einem positiv-denkenden Laber-Roboter wie dir freudige Motivation sein. Komm schon, Blechbüchse."

Auf einem gerade noch funktionierenden Scooter fuhren die beiden zu einer großen Garage, vorbei an Raumschiffen und allerlei Weltraumfahrzeugen.

„Ich bin total gespannt", sagte Kid.

„Das lässt sich bei dir Wundertüte nicht vermeiden", knatterte Doc Joe.

Das Tor zu einer mächtig großen Garage öffnete sich. Die beiden fuhren hinein und Kid kam aus dem Staunen gar nicht mehr raus.

„Das gibt's doch gar nicht!"

„Und ob, Kleiner", strahlte Doc Joe. „Diese zehn Stockwerke großen Roboter hier in der Abstellkammer bilden die Brutalo-Sondereinheit. Ich war damals total auf Droge und hab mich dauernd mit Cyborg-Prostituierten herumgetrieben und gedacht, ich bin der größte Frosch im Universum, weil ich solche Monstermaschinen entwickeln kann und jeder Fernsehsender wollte, dass ich was Cooles ins Mikro huste. Na ja, bis ich eben bemerkte, dass das alles abgekiffter Wahnsinn war. Aber diese Prügelknaben hier haben's mächtig drauf. Vielleicht kann daraus mit dir noch was Positives werden. Welcher gefällt dir denn am besten?

Kid schaute sich die lange Reihe der ruhig dastehenden Roboterriesen an, welche der menschlichen Figur nachgebaut waren. Ihre Körper waren alle grau-silbern, hatten mächtige Gliedmaßen und große unterschiedlich gefärbte Köpfe.

„Die Dinger haben alle Schuhgröße 45 000", meinte Doc, während Kid sich noch überlegte, welcher Roboter ihm so richtig zusagte. „Wenn die auf ne Kartoffel treten hast du gleich Kartoffelbrei."

„Du meinst, das sind echte Küchenhilfen?"

„Nein, genau das mein ich nicht. Denk nicht so lange nach, du Frohnatur. Das sind alle waschecht, harte Jungs."

„Den will ich!", rief Kid und zeigte auf einen Roboter mit einem himmelblauen Kopf.

„Gute Wahl. Der hat nen Schädel wie ein Hauklotz. Eine extra harte Spezialmischung aus Titan, Graphen, Mixen und noch ein paar andere kitzlige Geheimlegierungen. Das war meine letzte Kreation. Sein Name ist Carl. Der Plan ist, dass ich dein lokal-symmetrisches Bewusstsein in den dicken Carl da hochlade, damit er so nervig nett und konstruktiv wird wie du. Mit dem seinem Panzer bist du gewappnet wie ein Nilpferd und kannst die gezappte Reise durch das Wurmloch nach LOSY Metroplis überleben."

„Dann mal los, Doc!", freute sich Kid.

„Mach mal halb lang, Kleiner. Die Bande da hat keinen Saft mehr im Getriebe. Die sind stummer als ne abgelaufene Schlaftablette. Ich muss den Reaktor hier in der Ecke erst mal zum Laufen bringen, damit ich Carl ne ordentliche Briese Energie hochladen kann."

„Soll ich dir dabei helfen?"

„Lieber nicht. So ein alter Reaktor in Rente fliegt leicht mal in die Luft, wenn man ihn an der falschen Stelle anquatscht, und das kann ordentlich auf das Gemüt schlagen."

„Wie lange wird es denn dauern?"

„Es wird dauern und darum, bis ich deinem Carl wieder Saft in die Glieder geschickt habe, nimmst du den Basketball aus dem Sonderangebot von vor 30 Jahren hier und ballerst ihn da hinten in den Korb. Klar!"

„Dein Plan hat viele Überraschungen."

„Das ist volle Absicht bei schlechten Plänen."

Kid nahm den verstaubten, roten Basketball, pustete ihn sauber, polierte ihn mit seiner Hand und mit Schwung warf er den Ball in den 600 Meter weit entfernten Korb am anderen Ende der Garage. BUMM! TREFFER!

„Ich habe fertig!", strahlte Kid.

„Oh, Manno. Jogg nach hinten, hol den Ball und mach die ganze Schose noch mal von vorn. Du spielst so lange begeistert Basketball bis entweder Weihnachten auf Ostern fällt, ich ne Postkarte aus Dupfingen erhalte, oder ich den explosiven Reaktor hier wieder zum Brummen bringe."

„Geht klar, Chef!" Kid düste los, um den Ball zu holen.

„Der ist schlimmer als ein wildgewordener Sack Flöhe", grummelte Doc Joe, während er sich an dem alten Reaktor zu schaffen machte. „Wolln wir doch mal schauen, ob das Baby hier, dessen Versicherungspolice total abgelaufen ist, wieder zu tanzen anfängt."

KAPITEL 6

Ati lag ruhig auf ihrem Bett im Schlafzimmer des schönen Holzhauses. Mit entspannten Atemzügen sog sie die feine Luft ein, die durch den Duft des Holzes besonders vitalisierend wirkte und gleichzeitig dabei half, alle Körpersysteme zu harmonisieren.

Heute Morgen war Ati allein Zuhause, da es ihr freier Tag war und Abe schon zur Arbeit gegangen war. Vorsichtig strich sich Ati über ihren Bauch, der sich zur Verwunderung aller bereits zu wölben begann. Dabei war sie doch erst seit circa drei Wochen schwanger. Ein warmes Gefühl stieg in ihr auf, welches sich durch ihren ganzen Körper wie ein wohlig-elektrisierendes Kribbeln ausbreitete.

Auf einmal war es Ati, als könne sie alles besser hören und riechen, während sich in ihr eine Art Trance breitmachte, die sie immer weiter entrückte. Die weißen und roten Lilien auf der Kommode im Schlafzimmer dufteten himmlisch süß und die vielen Singvögel im Garten veranstalteten ein glücksbringendes Konzert, das sich direkt in ihrem Kopf abzuspielen schien.

Mehr und mehr spürte Ati eine noch nie erfahrene Leichtigkeit in sich aufsteigen. Es war ihr, als würde sie schwerelos, als würde sie sanft und leise von ihrem Bett abheben und etwa einen Meter darüber schweben. Der angenehme Traumzustand dauerte eine gefühlte Ewigkeit und sie konnte den ganzen glitzernden Kosmos und eine darüber liegende feine Ebene des Seins wahrnehmen, welche Ati aus früheren Tagen gut kannte: es war der Himmel, die geistige Welt, in der reine Einheitsliebe vorherrschte.

Mit diesen schönen Impressionen erwachte Ati wieder, schlug ihre Augen auf und sah sich um. WAS? Sie traute ihren Augen nicht. Ungläubig blickte sie um sich, aber sie schwebte wirklich einen Meter über ihrem hellblauen Bett.

„Schatzibär, ich bin wieder Zuhause!", hörte sie Abe rufen.

In diesem Moment endete der schwebende Zauber und Ati plumpste auf ihr Bett zurück, gerade als Abe mit einem großen bunten Wiesenblumenstrauß ins Schlafzimmer kam.

„Hier für dich, Liebling", sagte er, setzte sich neben Ati und reichte ihr den wunderbar duftenden Strauß.

„Was ist los? Müsstest du nicht. . .?"

„Sicher, aber ich hatte plötzlich so ein berauschendes Gefühl in mir, dass ich aus meinem Büro stürmen und diesen Blumenstrauß pflücken musste." Abe gab Ati einen sanften Kuss auf die Stirn und legte vorsichtig seine Hand auf ihren Bauch.

„Wow! Mrs. Crystal. Da tut sich ja schon was. Wie ist das möglich?"

„Ich weiß auch nicht. Du wirst es nicht glauben, aber gerade eben, bis du ins Schlafzimmer kamst, bin ich einen Meter über meinem Bett geschwebt."

„Du machst Witze, oder?!"

„Nein. Auch ich verspürte ein magisches Gefühl, das mich in Trance versetzte und dann bin ich fliegend im Zimmer aufgewacht."

„Das ist. . .echt abgehoben, Mrs. Crystal."

***

15 Minuten später lag Ati bei ihrem Arzt, Dr. Karumba, auf der Liege, Abe stand neben ihr und hielt Atis Hand, während Dr. Karumba seinen meditativen Fokus auf Ati richtete. Seine Wahrnehmungen wurden von Sensoren auf einem Bildschirm sichtbar gemacht. Zur Verwunderung aller war darauf ein kleiner Fötus zu sehen, der sich in Windeseile entwickelte.

„Das habe ich in all meinen Jahren als Mediziner und Heiler noch nie erlebt", staunte Dr. Karumba, der sich nun ebenfalls die bewegten Bilder auf dem Bildschirm ansah. Verblüfft rieb er sich mit einer Hand über seinen weißen Bart und seine grünen Augen funkelten voller Neugier.

„Wie ist so etwas möglich?", fragte Abe.

„Keine Ahnung. Aber ihr Baby, ihr kleines Mädchen, Ati, entwickelt sich in rasanter Geschwindigkeit. Unglaublich."

Mit großen Augen blickte Ati zu Abe hinüber.

„Du warst schon immer erste Ausnahmeklasse-Sahne, Schatzibär."

„Der Kleinen geht es doch gut, Doktor?" fragte Ati.

„Mehr als das." Dr. Karumba vergrößerte die Daten zur Genanalyse des Fötus auf dem Bildschirm. „Sieht so aus, als hätte ihre Kleine einige besondere Gene, die Menschen normalerweise so nicht oder nicht mehr haben. Sie kann Vitamin C erzeugen, hat mehrere Krebsschutzgene, nicht nur eins, und sie hat auch spezielle Gene für Sinneswahrnehmung, Regenerierung, Muskelwachstum und Kraft. Sie müssen einen besonders fitten und optimistischen Tag gehabt haben, als sie die Kleine hier zeugten."

Ati und Abe lachten sich zu. Sofort kam die Erinnerung an die stürmische Liebesnacht auf der paradiesischen Trauminsel Xaramira in ihnen hoch. Beide schauten sich mit leuchtenden Augen an.

„Wow!", meinte Dr. Karumba, der dank seiner hellseherischen Fähigkeiten die magische Energie jener Nacht spüren konnte.

„Ja, die Nacht war wirklich fehlerfrei", schmunzelte Abe.

„Solche wunderbaren Momente kann man nicht planen", fügte Ati hinzu.

Dr. Karumba lachte. „Wissen sie schon, wie das kleine Wunder in Ihnen heißen soll, Ati?"

Ati sah Abe an. „Nein, Doc., wissen wir noch nicht."

„Viel Zeit zum Überlegen haben sie aber nicht, so schnell wie die kleine Magierin wächst. Die Geburt steht bald bevor."

***

„Was ist mit deiner Gewürzgurke auf deinem Hals? Du siehst heute so besonders bescheuert aus. Hast Du ne neue Frisur?", knurrte Cora Prof. DisDiv an, der vor ihrem Thron erschien. Professionell missmutig und gelangweilt rutschte Cora auf ihrem harten Obermackerstuhl hin und her.

„Nein, Durchlaucht. Ich war beim Zahnarzt und habe ne geschwollene Backe, weil er mich mit meinem Cyborg-Zwilling verwechselte und voll drauf los hämmerte."

„Warum hast du einen Cyborg-Zwilling? Bist du jetzt auch noch notgeil?"

„Nur für den Fall, dass ihr mich mal komplett tot haut. Dann kann sich mein Gedächtnis über meinen Chip im Gehirn in den Zwilling rüber laden. Dann existiere ich dort auf der Festplatte und eure Mäjestätigkeit könnt mich weiter für unfähig erklären, während ich für euch die Drecksarbeit mache."

„Klingt vernünftig", grunzte Cora und schielte genervt auf ihre super langen, leuchtenden Fingernägel. „Weiter im Text, DisDiv. Was steht heute alles wahnsinnig Wichtiges auf der Tagesplanung? Oder müssen wir erst noch einen Plan für einen Plan für einen Plan entwerfen?"

„Nein, ich glaube, das würde selbst unsere ausufernde

Bürokratie überfordern. Kommen wir lieber gleich zum Tagespunkt A-1-0-XB-3."

„Tagespunkt A-1-Was? Warum musst du akademischer Mülleimer allem immer so einen bekloppten Codenamen geben. Wenn du unsere Untertanen damit nerven willst, fein. Aber erspar mir den Quark und komm zu Sache."

„Was ich sagen wollte, Hochlaucht, ich konnte die Koordinaten des LOSY-Systems, die in der DNA des lila Frauenhaares einkodiert waren, entschlüsseln."

„Halleluja!", schrie Cora kreischend vor lauter aufbrausender Boshaftigkeit, „du bist gar nicht so blöd, wie du heute aussiehst. Auf geht's, schicken wir ne Truppe von fiesen Vernichtungscyborgs los und bringen die Frau mit ihrem Kind um, bevor ich noch nen Ausschlag bekomme." Sprunghaft schoss sie aus ihrem Thron empor.

„Moment noch, Majestosa. So schnell geht das nicht."

„Was denn jetzt schon wieder?!", fluchte Cora und krachte genervt in ihren Herrschersessel zurück. „Da hab ich grad mal ein Jucken in der Unterhose, weil ich mich über den Terroranschlag auf das LOSY-System freue, und dann kommst du Transuse wieder mit ner Warteschleife daher. Wo liegt das Problem? Willst du erst noch ne Ausbildung zum Klempner machen?"

„Nein. Ich muss erst noch die Daten für die benötigte Energie für ein passendes Wurmloch berechnen und das ist etwas schwierig, weil wir--"

„Blahblah-blah", fuhr Cora unwirsch dazwischen. „Seh ich so aus, als würde ich mich speziell für Wurmlöcher, Fußbodenbelege oder Weihnachtsmänner interessieren, DisDvi, hä? Ich will das Kind tot wissen und zwar besser gestern schon, damit ich an seine Macht komme."

„Jawohl, Exzellenz. Ich verkrümel mich sogleich."

„Und leg dir bei der Gelegenheit mal ne neue Frisur zu, du siehst aus wie ne schlechte Reifenpanne."

„Sehr gerne, Königin Cora. Ich werd dann mal." Nervös stolperte DisDiv aus dem Thronsaal.

„Warum ist es nur so schwierig, bösartig zu sein", seufzte Cora. Dann riss sie ihren Rachen weit auf, gleich einer giftigen Schlange, und ließ einen kreischenden Schrei des Zornes aus sich empor donnern.

***

„AHA!", freute sich Doc Joe, als eine kleine rote Lampe am Reaktor aufleuchtete. „Hey, Kid, lass das Körbewerfen sein und komm mal her!"

„Ich hab aber erst 500 000 Mal den Basketball im Korb versenkt", meinte Kid.

„Das ist in der Tat nicht viel. Komm trotzdem mal her! Hopp! Hopp!"

Kid eilte zu Doc Joe, der optimistisch grinsend auf die rote

Lampe des Reaktors deutete.

„Siehst du die leuchtende, rote Signalbirne hier!?"

Kid nickte.

„Gut, dann tritt mal kräftig gegen den Reaktor, damit er wieder zum Laufen anfängt. Ich kann das nämlich nicht machen, weil ich eingewachsene Fußnägel habe, da ich in meiner Kindheit orthopädische Gesundheitsschuhe tragen musste. Aber über meine Kindheit wollen wir lieber nicht reden. Also, Jung, tritt mal gegen die Maschine hier."

„Okay." Mit Wucht ließ Kid seinen Fuß gegen den Reaktor donnern.

Nichts.

„Hmm?", machte Doc Joe. „Nochmal, aber mit Schmackes!"

Erneut trat Kid feste gegen den Reaktor und jetzt fing das alte Ding an zu brummen und zu wackeln.

„JA! Sag ich doch. Manchmal braucht es eben zwei knallige Fußtritte, damit die Technik wieder läuft. Kid, der Reaktor reaktet wieder."

„Super! Du bist ein Genie, Doc Joe!"

„Und ob. Denn jetzt können wir dem dicken Carl dein Gute-Laune-Programm rüber spielen."

Doc Joe drückte ein paar Befehle auf dem zum Reaktor gehörenden Bildschirm und in der nächsten Sekunde zischte und funkte es mächtig bei dem großen Roboter namens Carl. Es ratterte und knarrte und nach ein paar Sekunden öffnete Carl seine großen Augen. Mit seinen Mega-Händen packte er die Laserpistolen, die an seinen Beinen hingen und richtete sie direkt auf Doc Joe und Kid. Mit tiefer, finsterer Stimme donnerte er:

„Meine Mission ist: Zuerst schießen und dann keine Fragen stellen. Wenn ihr zwei Wichtel überleben wollt, dann identifiziert euch jetzt im Eiltempo!"

„Hey, Carl!", warf Doc Joe nervös ein und winkte dem mächtigen Roboter zu. „Mach mal langsam, Großer. Du bist gerade erst aufgewacht. Rumballern kannst du später noch. Ich bin es, Doc Joe, der dich gebaut hat. Meine ID-Nummer ist, ähm, 33/3-X-Omega."

„Okay", bestätigte Carl, „und wer ist der kleine Flo neben dir?"

„Gut, dass du das fragst, Carl", entgegnete Do Joe. „Der Pfiffikus hier ist ne spannende Nummer." Eilig stellte Doc Joe eine Funkverbindung zwischen Kid und Carl her und begann Kids Daten zu übertragen.

„Ich zähle auf drei. Wenn sich der Zwerg bis dahin nicht identifiziert hat, dann gibt's ne Runde Gratis-Wegpusten!"

„Warum sagt er sowas Blödes?", fragte Kid.

„Weil er groß und stark ist und es ernst meint", antwortete Doc Joe unruhig, während Carl zu zählen anfing. Nervös beobachtete Doc Joe die steigenden Prozentzahlen der Datenübertragung.

„1", grollte Carl.

„Was ist?", fragte Kid.

„1, ich habe 1 gesagt", fauchte Carl zurück. „Hast du ne Mattscheibe im Gehörgang?!"

„Ah, sorry, Dicker. Ich dachte, du hättest KEINS gesagt", meinte Kid. Schnell schielte er zu dem Übertragungsbalken hinüber, der 88 Prozent anzeigte. „Fang doch nochmal ganz gemütlich von vorne an, Carl, damit hier keine Verwechslungen entstehen. Vielleicht solltest du auch auf einem Bein stehen, wenn du Eins sagst und dann auf beiden Beinen, wenn du Zwei zählst."

„Was sülzt du da für einen KI-Unsinn, du Mücke. Soll ich denn etwa nen Kopfstand machen, wenn ich bei Drei angekommen bin?"

„Na ja, das säh bestimmt ganz schick aus."

„SCHNAUZE!", schimpfte Carl und wedelte unwirsch mit seiner Laserkanone herum. „Ruhe da unten. Also, ich zähl jetzt, aber zum letzten Mal: 1, 2", brummte Carl verärgert. Der Ladevorgang stand mittlerweile bei 96 Prozent. „**Und 3!**"

Kid und Doc Joe duckten sich, da sie glaubten, Carl würde losballern. Doch der Ladevorgang hatte offenbar gerade noch rechtzeitig und vollständig funktioniert, denn begeistert und mit Kids jugendlicher Stimme rief Carl:

„HEY, KID! Ich bin's und du bist ich!"

„HEY, hallo, ich im XXL-Format", winkte Kid erleichtert

zurück, „du bist ich und ich bin du. Juhu!"

„Genau!", freute sich Carl zurück, „ich bin du und du bist ich!"

„WOW. Ich bin hier und ich bin auch du da drüben", lachte Kid.

„Genau, das heißt: Wir sind ich und du und deshalb sind wir und ich und du gleichzeitig hier und dort", ergänzte Carl.

„Das ist ja irre. Ich bin jetzt zweimal auch du und damit wir, da und hier", fuhr Kid fort.

„Das heißt: Wir sind ich und du--"

„OKAY, Jungs. Das reicht für heute erstmal", unterbrach Doc Joe, „sonst krieg ich noch ne existenzielle Krise und nen Knoten im Hirn von euerm Ich=Du Geschwalle. Im Doppelpackt beruhigt ihr euch erst mal wieder und spielt dann ne runde Zwillingsbasketball, denn ich muss jetzt den Reaktor soweit zum Dampfen bringen, dass wir ein ordentlich stabiles Wurmloch zur LOSY Metropolis herstellen können."

„Okay, Doc!", riefen die beiden Roboter erfreut und Kid hob den Basketball auf.

„Willst du anfangen, großer Ich-Bruder?"

„Das geht doch gar nicht, kleines Ich", entgegnete Carl, „denn ich bin auch du und du bist auch ich."

„Das kann doch nicht wahr sein", fluchte Doc Joe leise. „Hört mal Jungs, ich bin kurz davor Magenkrämpfe im Herz zu entwickeln, wenn ich höre, was ihr da quatscht. Damit mir nicht noch die letzten

Haare ausfallen, schlage ich vor, dass der Kleine anfängt mit dem Körbewerfen. OK!"

„Ja, ich-du-wir sind einverstanden", antworteten die beiden Roboter gleichzeitig zurück.

„Das kann ja noch heiter werden!", grummelte Doc Joe, der sich wieder am Reaktor zu schaffen machte, während Kid den Basketball im Korb am anderen Ende der Hallte versenkte.

„Wow! Ich hab nen Volltreffer gelandet!", freute sich Kid.

„Ich damit auch!" setzte Carl gleich nach. „Ich und ich und du und du und wir sind das volle Winner-Team!"

„Ich glaub, ich krieg demnächst wirklich ne Schweiß-Glatze", seufzte Doc Joe, während er versuchte, die beiden Roboter zu ignorieren und die Energieproduktion des Reaktors auf das 10 000-fache zu erhöhen.

KAPITEL 7

Der Tag, an dem Lory geboren wurde war ein ganz besonderer Tag. Der Himmel war strahlend blau, die Sonne schien und die Vögel zeichneten die kunstvollsten Formationen über LOSY Met und der umliegenden, farbenprächtigen Natur. Die Wale und Delphine im Meer tauchten in Fibonacci-Spiral-Formationen aus den Tiefen empor, so dass das grundlegende Naturprinzip der Lokalen Symmetrie sich unzählige Male den ganzen Tag über im Wasser zeigte.

Lory war der Name, den Ati und Abe für ihr Mädchen ausgesucht hatten. Er stellte eine Kombination des englischen Begriffs **LO**cal Symmet**RY** dar: LORY.

Die Geburt fand Zuhause statt, in dem schönen Holzhaus von Ati und Abe. Dr. Photon war der beste Gynäkologe in LOSY Met. Er hatte es sich nicht nehmen lassen, die Geburt dieses besonderen Kindes zu leiten.

Abe hielt Atis Hand, als Dr. Photon dem Kind half, in diesen Kosmos anzukommen. Alles lief reibungslos, schmerzlos. Der Raum war erfüllt von jener schönen Melodie, welche Ati bereits auf Xaratat gehört hatte.

„Sie ist hier!", entfuhr es Abe aufgeregt.

„Munter und gesund", bestätigte Dr. Photon mit einem Lachen und strahlenden blauen Augen. „Wollen sie die Nabelschnur durchschneiden?"

Abe schluckte kurz, doch Ati drücke seine Hand und lächelte ihm zu.

„Meine Frau will es zumindest, dass ich es will, also will ich es", murmelte Abe. Er ging zu Dr. Photon, welcher Lory vorsichtig in seinen Händen hielt, und er nahm die Schere von dem kleinen Instrumententischchen.

Behutsam durchschnitt Abe die Nabelschnur. In diesem Moment öffnete das Mädchen seine Augen. Sie waren grasgrün, glänzten und strahlten und eine kraftvolle, auch sehr liebevolle Energie strömte zu Abe: direkt in seine Augen und in sein Herz.

„Sie ist wunderschön", flüsterte Abe. Behutsam wickelte er Lory in eine Decke, nachdem Dr. Photon sie etwas gesäubert hatte, und brachte sie zu Ati.

„Mama", sagte das kleine Mädchen mit einem Lachen, als Ati sie in Empfang nahm. Erstaunt blickten sich alle drei Erwachsene an.

„Das habe ich in all meinen 200 Jahren als Arzt noch nie erlebt", staunte Dr. Photon.

Ati strahlte überglücklich, als sie den kleinen Engel in ihre

Arme nahm und an sich drückte. „Wer bist du nur, mein kleiner Schatz, du kleines, großes Wunder?"

„Opa", sagte Lory und zeigte zu Abe. Alle drei Erwachsene mussten lachen.

„Sie scheint deinen charmanten Humor zu haben", meinte Abe und beugte sich zu der Kleinen. „Opa ist im Himmel, meine Süße. Ich bin dein Papa."

„Papa, du", wiederholte Lory.

„Genau." Abe gab seiner Tochter einen Kuss auf die Stirn. Ati rollten ein paar Freudentränen übers Gesicht. Abe und Ati gaben sich erneut einen langen, zärtlichen Kuss.

„Mrs. und Mr. Crystal, herzlichen Glückwunsch. Sie haben da eine ganz besondere Tochter."

***

Die nächsten Tage waren turbulent. Nachdem sich Ati etwas ausgeruht hatte, wollten alle das Wunderkind sehen. Eine riesengroße Menschenmenge hatte sich vor dem Haus versammelt. Alpha, der Haus-Roboter, hatte alle Hände voll zu tun, um den Tumult zu managen. Kurz waren Ati und Abe mit Lory auf dem Balkon des Hauses erschienen und hatten den Jubelnden zugewunken.

Dieser Trubel war ihnen ziemlich peinlich und so waren sie froh, als ihre vier Freunde, Zac und Elli und Isaac und Sally, die Bude stürmten. Mit Blumensträußen und Geschenken kamen sie ins

Schlafzimmer gestürzt. Mit viel OHH und AHH umarmten sich alle, gaben sich Küsschen-Küsschen und bestaunten das Baby, das schon ganze 80 Zentimeter groß war.

„Wow", meinte Sally, „viel Glück beim Aussuchen von Babykleidung. Bei ihrem Entwicklungstempo kannst du jeden Tag nen neuen XXL-Strampler ausprobieren."

„Sie ist so pflegeleicht wie ihr Vater", grinste Ati zurück.

„Die übermäßige Intelligenz und alles andere Außergewöhnliche hat Lory natürlich von ihrer Mutter", witzelte Abe zurück.

„Hallo", grüßte Lory in die Runde.

„HEY! Wahnsinn!", entfuhr es den vier Freunden.

„Yep, sie spricht schon", bestätigte Abe, „und sie ist nett zu älteren Menschen. Sie hat mich als erstes mit Opa begrüßt."

Ein schallendes Gelächter brach im Schlafzimmer aus, auch Lory musste herzhaft kichern.

„Ja, jetzt habe ich es mit zwei super witzigen Frauen zu tun", bestätigte Abe.

„Wir zwei anderen Opas stehen dir zur Seite, stimmt's, Zac", meinte Isaac und er und Zac klopften Abe kumpelhaft auf die Schulter.

„Da", sagte die Kleine und von überall her, aus der Decke und den Wänden, strömten Elsas, die Weisheitssphären, ins Zimmer. Mit ihrem weiß-goldenen Strahlen erfüllten sie den ganzen Raum, während sie neugierig Lory umflogen. Das Kind freute sich ungemein und streckte seine Hände nach den Elsas aus.

„Die kraftvolle Weisheit der Lokalen Symmetrie ist stark präsent in dem Kind", sangen die Weisheitssphären.

In diesem Augenblick öffnete sich die Türe zum Garten und eine alte Indianerin betrat das Schlafzimmer. Sie war vom Stamm der Harmos, welche tief verborgen in den Urwäldern des Planeten Local lebten und grundsätzlich nie zu sehen waren. Alle sechs Erwachsene waren verwundert über das plötzliche Erscheinen der Stammesältesten. Alpha kam von der Terrasse ins Schlafzimmer gelaufen, während er sich ein Netz von Spinnfäden vom Leib kratzte.

„Sie hat mich mit einer Urwaldspinne sprichwörtlich total eingewickelt."

„Kein Problem", sagte Abe und nickte der alten, weisen Frau liebevoll zu.

Lory winkte und freute sich, die Indianerin zu sehen. Diese zog ein Schmuckstück aus ihrem langen Naturfasergewand. Es war eine Schnur, an der eine wunderschöne, gold-glänzende, kleine Muschel hing. In ihrer Sprache teilte sie Lory etwas mit, während sie dem Mädchen die Halskette umlegte. Alpha übersetzte:

„Die heilige Muschel aus den Weiten des Alls haben die Wale mit den Delphinen aus der tiefsten Tiefe des Meeres hervorgeholt und uns Harmos-Indianern an die Küste gespült, damit ich sie dir bringen kann."

Die alte Indianerin stimmte kurz einen heiligen Scharmanen-Gesang an, der die Elsas ganz stark zum Glühen und Strahlen brachte. Alle, auch Lory, staunten und spürten die wunderbare Energie in und um sich. Dann sagte die Alte und Alpha übersetzte:

„Die starke Lokale-Symmetrie-Kraft macht Lory zur ersten Generation von LoSy-Kämpfern, die neue Fähigkeiten besitzen und noch tiefer in das unendliche, ewige Mysterium der Lokalen Symmetrie werden vordringen können. Sie wird das Böse besiegen müssen, um den tiefen Zugang zur Urweisheit in der Lokalen Symmetrie finden zu können. Die Geister der Urahnen der Harmos-Indianer, der Geist und die Weisheit der Wale, der Delphine, des Meeres, der Vögel und der ganzen Natur und des Alls werden dir zur Seite stehen."

Dann faltete die Indianerin ihre Hände, summte ein uraltes, heiliges Lied und verbeugte sich vor dem Mädchen, das leise „Danke" zu ihr sagte. Kraft und Liebe strömten aus den Augen von Lory und der Harmos-Weisen und bildeten einen hellen Energiestrom zwischen den beiden Frauen.

Das Oberhaupt der Harmos nickte in die Runde und verabschiedete sich. Dann schritt sie auf leisen Sohlen, so als würde sie durch den Raum schweben, zur Terrassentür.

„Warten sie, Mrs. weise Indianerin, ich geleite sie…", wollte Alpha sagen. Doch ehe er sich's versah, hatte die alte Indianerin, als sie das Schlafzimmer in den Garten verließ, ihm wieder eine

Urwaldspinne auf den Kopf geworfen und diese wickelte Alpha in Sekundenschnellte erneut mit ihren festen Fäden ein.

Alle mussten schmunzeln. Alpha murmelte etwas protestierend und dann krachte er auf den Boden.

„Sieht so aus, als würde uns das nächste große Abenteuer ins Haus stehen", meinte Abe, der sich daran machte, Alpha von dem Spinnengewebe zu befreien. Alpha pustete Fäden aus seinem Mund.

„Kann es sein, dass die alte Dame mich nicht mag?"

Lory hüpfte plötzlich aus dem Bettchen, wackelte und grabbelte zur Verwunderung aller zu Alpha und gab ihm einen Kuss auf die Stirn.

„Du ganz OK!"

***

Königin Cora tanzte wie wild durch ihren großen, düsteren Thronsaal.

„Hi…ha…dadidadam…HA", so wirbelte sie herum und blickte voller Verzückung in den Spiegel, den sie vor sich hielt.

Prof. DisDiv stand in einer Ecke und traute seinen Augen nicht. Er war ja viel Verrücktes von seiner Majestät gewohnt, aber dass er in ihrer Gegenwart nun schon ganze zehn Minuten nicht beleidigt worden war, war merkwürdig. Schließlich erlaubte DisDiv sich zu husten.

Genervt hielt Cora inne. „WAS, DisDiv?"

„Eure majestätische Exzellenz, ihr fegt nun seit geraumer Zeit wie ein Staubsauger über den Boden, ohne dass ihr mir einen schlechtgelaunten Befehl gegeben habt."

Cora stöhnte genervt, machte einige verärgerte Grimassen und bewunderte sich dabei im Spiegel.

„DisDivchen, du Blödmann. Hast du schon mal einen Staubsauger gesehen, der sich beim Staubsaugen im Spiegel betrachtet?"

„Nein, königliche Königheit."

„Ich habe getanzt, DisDiv, weil ich mich darüber nachhaltig positiv aufgeregt habe, dass du die Energie berechnet hast, um ein Lochwurm nach LOSY Metropolis zu eröffnen."

„Ähm, ihr meint ein Wurmloch, Durchlauchtigste."

„Genau das hab ich gesagt, DisDiv. Für einen Professor hast du ganz schön viel Tomaten auf den Ohren. Warum stehst du eigentlich so saublöd in der Ecke? Fällt dir nichts Destruktiveres ein?"

„Ich erwarte eure ehrwürdigsten Befehle, Königin Cora."

„Gute Idee. Könnte von mir sein. Genauso wie die Erfindung des Handys." Erneut blickte Cora ganz selbstverliebt in den Spiegel.

„Eure Befehle?!", hakte DisDiv nach.

„Ah ja, richtig. Der Spiegel flirtet hier so was mit mir, da kann ich mich kaum konzentrieren." Cora drehte sich zu DisDiv: „Also, hier ist das erlesene Befehlsmenu: Eine Truppe der fiesesten Inversor-Cyborgs, mit dem aller ausdrücklichsten Befehl das verdammte Mädchen zu kidnappen, damit ich es höchst persönlich töten kann, indem ich dem Dreckstück das Herz rausreiße und fresse. Ende der blutigen Durchsage. Na, DisDiv, was hältst du von dem durchgestylten Befehl?"

„Genial, zweifelsohne, pervers und äußerst geschmacklos. Ein Volltreffer unter allen militärischen Befehlen würde ich sagen. Ich habe die Inversoren jetzt auch so programmiert, dass sie vollkommen gegen Lokale Symmetrie immun sind. Rücksichtsloser, teuflischer, unmenschlicher und dreister geht es nicht. Außerdem schlage ich vor, dass wir zusätzlich zu der Inversor-Killer-Truppe noch eine Brise moralisch verdorbener Nanoroboter mitschicken."

„Warum das denn, DisDiv? Die sind doch so klein?"

„Kleine aber immer gemein, Hochheit. Die können rumspionieren, giftige Geburtstagsgrüße übermitteln, etc., ohne dass es ein Floh bemerkt."

„Na gut. Bevor du mir noch stundenlang einen Vortrag über Flöhe hältst, schick deine Nanos mit. Je toter wir das Kind bekommen, desto schneller wird meine MACHT STEIGEN! Mit der einverleibten Kraft des Kindes werde ich auch den Tod überwunden haben!!!"

„Eure Logik ist wie immer unvergleichlich einfach, königste Cora. Ich werde das tödliche Killerkommando sofort per Wurmlochpost gnadenlos nach LOSY Metropolis jagen!"

Beide bösen „Genies" brachen nun in ein hässliches Gelächter des vorauseilenden Triumphes aus, welches sich, wie verrücktes Gänsegeschnatter, immer mehr steigerte.

Doc Joe vollführte zu jener Zeit, als Cora und DisDiv bekloppt herumlachten, sein eigenes Freudentänzchen auf. Er fühlte sich auf einmal wie 17 und er rappte mit Breakdance-Moves beschwingt vor dem brummenden Reaktor herum. Carl und Kid hörten auf Basketball zu spielen und schauten Doc Joe erstaunt zu.

„Ist bei dir ne Sicherung durchgebrannt, Doc?", fragte Carl.

„Und wie. Aber im positiven Sinn." Lässig hoppte Doc Joe zu den beiden Robotern. „Ihr zwei Hübschen werdet es nicht glauben, aber der Reaktor läuft besser als geschmiert. Das heißt, wir haben nicht nur genug Energie für ein sattes Wurmloch, sondern auch noch für den Integrator!"

„Den Inte-Was?", hakte Kid nach.

„Den Integrator, den Zusammenbringer, den genialen Vereinheitlicher…"

„Hä?", sagten beiden Roboter.

„Den aus Zwei-Mach-Einser, den Unifikator, den…ach, was red ich. Kommt mit ihr Schlafmützen, dann zeig ich's euch."

Gemeinsam gingen die drei zu einer Konstruktion in der Halle, die wie ein supergroßer Türrahmen aussah.

„Sollen wir jetzt beeindruckt sein?", fragte Kid.

„Ganz richtig, und zwar aus diesem Grunde. Dieses hochgeniale Gerät hier, das ich gebaut habe, heißt der Integrator, weil,

Jungs, das Maschinchen hier mittels viel quantenmechanischem Geschwurbel aus zwei Dingen ein Ding machen kann."

„Du meinst…?", fragte Carl.

„Genau. Ihr zwei besten Freunde stellt euch jetzt brav in den Türrahmen, ich drücke ein bis zwei Knöpfe und ein paar ganz kurze Sekunden später gibt es nur noch einen Roboter, den ich dann durch das Wurmloch nach LOSY Metropolis durchpuste."

„Okay, Doc. Alles, was im Eilverfahren abläuft ist uns sympathisch."

Kid und Carl stellten sich brav in den Türrahmen und Doc Joe drückte seine ein bis zwei Knöpfe. ZISCH, BUMM, ZACK. Es funkte heftig in dem Türrahmen, ein super weißer Blitz leuchtete auf, starker Nebel erfüllte den Raum und aus dem Türrahmen trat ein einziger großer Roboter hervor, noch größer als Carl.

„Wow!", entfuhr es Doc Joe. „Wie heißt du?"

Der Roboter drehte sich langsam zu Doc Joe um und sagte: „CID, mit C, weil das von Carl kommt."

„Okay, Cid. Super. Da du ansonsten fit und munter bist und unsere Show hier das Universum nicht zum Implodieren gebracht hat, würde ich vorschlagen, ich schicke dich jetzt per Wurmlochkurier undeklariert und zollfrei nach LOSY Metropolis."

„Lassen wir's krachen", meinte Cid begeistert.

KAPITEL 8

"Hey, Lory", sagte XH-Thyron zum hundertsten Mal. Er saß auf der Couch im Wohnzimmer von Ati und Abe und hatte das kleine, kecke Mädchen auf seinem Schoß. Lory lachte, zupfte dem großen Monster mit seinem löwenartigen Kopf an den langen Haaren seines Fells und kletterte fröhlich, sich an der Mähne festhaltend, an XH hinauf und hinunter. Das kitzelte XH, so dass dieser sich schütteln musste.

„Du großer Haaaseee", kicherte Lory.

„Ich großes Moooonster", erwiderte XH und fing die Kleine auf, die von seiner Schulter hüpfte.

Ati, Abe und Ex-US-Präsident Mitchell genossen den Anblick des fröhlichen Treibens von Lory und XH-Thyron, dem großen Ungetüm. Er und Präsident Mitchell waren sofort zum Haus von Ati und Abe geeilt, nachdem sie die Nachricht von Lorys Geburt erhalten hatten – XH von seiner Holzhütte und Höhle im Wald und Präsident Mitchell von seiner Ranch, auf der er Pferde und viele andere exotische Tiere züchtete und das beste Gemüse auf dem gesundesten Boden anbaute.

Es war ein wunderbarer Sommerabend. Das große Fenster zur Veranda war im Boden versenkt worden, so dass die warme Sommerluft ins Wohnzimmer strömte. Draußen hörte man die Grillen zirpen und die Nachtigallen singen. Im Garten brannte ein schönes Feuer und über den Bäumen glitzerten die Sterne.

Alpha, der Hausroboter, reichte allen frisch gebackene Cookies und leckere, eisgekühlte Fruchtdrinks – für Präsident Mitchell mit etwas Whiskey verfeinert. Dieser saß gemütlich auf einem Schaukelstuhl, paffte an seiner Pfeife und tippte sich immer wieder an seinen großen Cowboyhut. Der Duft seines feinen, giftfreien Tabaks erfüllte das Wohnzimmer mit einem geradezu mystischen Aroma. Ati saß glücklich und zufrieden bei Abe auf einem großen Sessel und kuschelte sich an ihn.

„Die zwei sind für einander bestimmt", schmunzelte Präsident Mitchell mit Blick auf die herumtollenden beiden – Lory und XH.

„Gleich beim ersten Mal, als ich XH sah, dachte ich mir, dass er wie die perfekte Nanny aussieht", witzelte Abe.

„Von wegen", brummte XH zurück, „als ihr beide mich das erste Mal gesehen habt, da habt ihr euch vor Panik in die Hose gemacht!"

Alle grienten und Erinnerungen an ihre gemeinsamen wilden und gefährlichen Abenteuer, in denen sie Einsteins Lokale Symmetrie immer mehr verstanden und begriffen hatten, kamen auf. Diese Erlebnisse hatten sie schließlich alle nach LOSY Metropolis geführt.

„Wo sind denn Isaac, Sally, Zac und Elli?", fragte Mitchell.

„Die sollten so ziemlich jede Minute eintreffen", meinte Ati.

„Große Monster kommen", sagte Lory plötzlich als sie erneut oben auf XHs Schultern stand.

„Nein, Schatz, das sind unsere Freunde", korrigierte Ati.

In diesem Moment erfüllte ein merkwürdig hintergründiges Donnern den Abendhimmel. Alle blickten sich verwundert an. Ein kühler Wind blies plötzlich ins Haus. Ati wurde nervös.

„Hier stimmt was nicht."

„Es klingt wie ein. . .", wollte Abe ungläubig sagen.

Die Sirenen des Alarmsystems von LOSY Met ertönten, im Garten vor dem Haus funkte und blitzte es und die Erde fing an zu beben.

„ACHTUNG! Wurmlochöffnung!", schrie Präsident Mitchell und alle warfen sich, die Ohren zuhaltend, auf den Boden, um in Deckung zu gehen. XH versteckte Lory unter seinem großen Körper, als sich mit einem riesigen Knall das Wurmloch im Garten auftat.

„Habt ihr die Party mal wieder ohne uns steigen lassen?!", war Zac plötzlich zu hören. Er war gerade mit Isaac, Sally und Elli ins Wohnzimmer gekommen. Alle vier hielten ihr Sword of SA – Ihre Schwerter der Self-Awareness, der Selbst-Erkenntnis – in den Händen. Auch Ati und Abe drückten die Knöpfe auf ihren Handys, so dass aus diesen sich ein Lichtstrahl, halb silbern, halb golden, zu einer

Klinge formierte.

XH war auf seine Beine gesprungen und warf Präsident Mitchell eine Laserkanone zu, denn ohne Waffen war der Haudegen schon aufgrund seiner Vergangenheit nie anzutreffen.

„Alpha!", schrie Ati, „schütz Lory!"

Sofort nahm Alpha die Kleine zu sich und verwandelte sich in einen Schutzraum mit einem Abwehrschild. Lory selbst war unerschrocken und machte dauernd „BUMM, BUMM".

„Hat hier jemand extraterrestrische Pizza bestellt?", fragte Isaac.

„Keine Ahnung, was uns da ins Haus steht", meinte Abe.

Mit einem plötzlichen Kabumm brachen aus dem Wurmloch unzählige Inversor-Cyborgs mit ihren Schakalköpfen hervor. Sofort holten sie ihre Laserkanonen hervor.

„SCHILD!", rief Abe und er und Ati transformierten ihre Lichtschwerter zu Energie-Abwehr-Schildern, die den Beschuss abfingen. Ihre Freude, sowie XH und Mitchell schossen zurück und legten sogleich mehrere Inversor-Cyborgs um.

Die Sirenen der Stadt heulten, während es um und im Haus von Abe und Ati mächtig krachte und ein wildes Gefecht entbrannte. Dank der Yiersan-Kungfu-Kampfkunst konnten sich die sechs Freunde, während die Inversoren ins Haus gestürmt kamen, bestens verteidigen, als es zum Nahkampf kam. XH raufte wie ein wilder Löwe und stellte sich schützend vor Alpha, der wiederum Lory in

Sicherheit hielt.

„Die sehen aus wie die unfreundlichen Blechbüchsen, die uns auf Xaratat angriffen!", brüllte Abe zu Ati hinüber, die gerade einem Inversor den Schädel mit einem Fußtritt vom Körper wegschlug.

„Ich mag sie immer noch nicht!"

Im Haus ging eine Alarmanlage los und Abe fluchte: „Scheiße, Nanoroboter-Attacke!"

Die Haussicherheitsanlage begann eine chemische Substanz in den Raum zu sprühen, die für Menschen ungefährlich war, aber die winzigen, unsichtbaren Nanoroboter zerstörte.

„Wann kommt denn endlich Verstärkung?!", schrie Elli, die sich gerade zweier Inversor-Cyborgs erwehren musste, so dass all ihre Yiersan-Kungfu-Fähigkeiten, die es ihr erlaubten sich mit nahezu Lichtgeschwindigkeit zu bewegen, gefordert waren.

In seiner Wut schlug und prügelte XH alles nieder, was ihm in die Quere kam und einem Inversor biss er einfach den Kopf ab.

„Uah!", knurrte er, „schmecken tun die Spinner auch nicht!"

Präsident Mitchell steckte ganz schön in der Klemme, denn ein Cyborg hatte sich auf ihn gestürzt und war drauf und dran ihn zu erwürgen.

Da machte es erneut einen großen Bang im Garten, ein zweites Wurmloch öffnete sich und Cid stürzte heraus. Mit einem so mächtigen Roboter hatten die Inversoren nicht gerechnet, denn verwirrt starrten sie auf Cid, der sofort erkannte, wer die Inversor-

Cyborgs waren – Kids Vater war schließlich einer von ihnen gewesen. Mit einem furchterregenden Brüllen donnerte Cid los und zermalmte einen Inversor nach dem anderen. Die Cyborgs erkannten den Ernst der Lage und ergriffen die Flucht, indem sie sich in ihr Wurmloch stürzten. Bevor Cid nach ihnen greifen konnte, schloss sich das Portal und die Angreifer waren verschwunden.

„Freund von euch?", fragte Sally und deutete auf Cid, der wie ein Hochhaus im Garten stand.

„Ne, aber er hat ne sympathische Seite", entgegnete Abe, während sich Ati zu ihm gesellte. Sie hielt Lory in ihren Armen. Das unversehrte Mädchen deutete neugierig auf Cid und sagte freudig: „Bumm! Kapumm! Draufkapumhauen!"

„Die Kleine hat offenbar auch die Kämpfernatur von ihren Eltern geerbt", sagte Präsident Mitchell, der sich den Staub und eine abgebrochene Cyborg-Hand von den Klamotten klopfte. „Howdy, großer Fremder", rief Mitchell und winkte zu Cid hinüber.

„Hallo, Freunde", entgegnete Cid jetzt sanft und ging in die Knie, um sich der Gruppe etwas annähern zu können.

Im Hintergrund waren mehrere Sirenen, Blaulichter und Scheinwerfer am Himmel zu sehen und einige Sekunden später tauchten Rettungsraumschiffe der LOSY-Armee auf.

„Alles unter Kontrolle", funkte Abe diesen über sein Handy zu, das noch vor ein paar Minuten als Lichtschwert und Abwehrschild gedient hatte.

Lory hüpfte von den Armen ihrer Mutter und watschelte erwartungsvoll und neugierig mit weit aufgerissenen Augen zu Cid hinüber. Dieser streckte ihr vorsichtig seinen supergroßen Zeigefinger entgegen. Freudig umarmte Lory den Finger mit ihren kleinen Händen.

„Lory, ich viel Lory!", sagte sie.

„Cid, ich heiße Cid. Schön dich kennen zu lernen, Lory."

Lory blickte in Cids große, blau strahlende Augen, dann rannte sie zu ihrer Mutter zurück, welche sie wieder in die Arme nahm.

„Danke, Cid, für die schlagfertige Unterstützung", sagte Abe, „darf ich fragen, wieso du hier vorbeigeschneit bist?"

„Klaro, Leute", antwortet Cid. Doch bevor er weitersprechen konnte, flackerte das Wurmloch hinter ihm auf, zischte und surrte laut. Mit einem lauten FLOP sog das Wurmloch Cid wieder in sich hinein und schloss sich.

„Was war das denn?", fragte Isaac.

„Wurmlochinstabilität", meinte Zac.

„Wahrscheinlich ist am anderen Ende die Energie instabil geworden und aus Sicherheitsgründen hat dies Cid wohl zurück gezappt", ergänzte Sally.

„Sieht so aus", fügte Elli hinzu.

„War ein ereignisreicher, überraschender Abend", sagte Alpha, der die Scherben und Überreste der Inversoren zusammenkehrte. „Ich hoffe, sie haben Lust daran, ihr Haus neu zu dekorieren.“

„Das wird nicht die größte Herausforderung sein“, grummelte XH und half Lory, die wieder voller Tatendrang war, auf seine Schultern zu klettern.

„Du meinst?!“, hakte Abe nach.

„Yep. Die Cyborg-Prügelknaben hätten viel tödlicher drauf sein können. Das heißt, sie hatten den Befehl, jemanden zu entführen.“ Liebevoll nahm er Lory in seine Arme. „Aber das werden wir nicht zu lassen, mein Engel!“

***

Cid poppte irgendwo im weiten Universum aus seinem Wurmlochtunnel hervor. Was auch immer geschehen war, der plötzliche Rückflug war unvollständig abgebrochen worden und jetzt schwebte Cid schwerelos im leeren Raum. Rings um ihn herum sah er Sterne glitzern und als er sich umdrehte, erblickte er einen großen kosmischen Nebel am Horizont, in dem einige Punkte hell leuchteten: sich gerade formierende Sterne.

„Oh je, so was aber auch“, seufzte Cid, der keine Ahnung hatte, was er jetzt machen sollte.

***

„Verdammte Scheiße!“, fluchte Doc Joe und trat wütend gegen den Reaktor, der seinen Geist aufgegeben und dadurch das Wurmloch zum Einsturz gebracht hatte.

$$***$$

Auf Planet Banxs tobte Cora wie gewöhnlich, nur heute 1000-fach heftiger. Die überlebenden Inversor-Cyborgs standen zusammen mit dem betretenen DisDiv in Coras Thronsaal. Auf einem großen Bildschirm wurden Aufnahmen vom Überfall auf LOSY Metropolis gezeigt. Jedes Mal, wenn Cora Ati sah, schrie sie laut vor Zorn und ganz ausgeflippt reagierte sie, als sie Lory für eine Millisekunde erblicken konnte. Lory saß ohne Angst da, behütet durch Alpha und dessen Energie-Schutzschild. Cora hielt das Bild an.

„Das ist die kleine Wühlmaus, die mir nun seit Monaten durch meine Gedanken gräbt. Das Miniwürstchen hättet ihr mitbringen sollen, ihr Vogelscheuchen, anstatt euch von der Partyrunde hier verprügeln zu lassen. DISDIV, du intellektueller Totalversager, wie konnte diese Pleitenummer überhaupt passieren?!"

Verängstigt trat DisDiv hinter den Inversor-Cyborgs hervor. Kalter Schweiß stand ihm auf der Stirn.

„Aus unerklärlichen Gründen," stotterte er, „hat sich offenbar ein zweites Wurmloch geöffnet, aus dem ein ziemlich großer Roboter auftauchte, der uns mächtig ein bis zwei dicke Striche durch unsere betrugssichere Rechnung gemacht hat."

Während DisDiv sprach zeigten Aufnahmen auf dem Bildschirm, wie Cid aus seinem Wurmloch hervorkam und dann gnadenlos auf die Inversoren draufkloppte.

„AHHRG, so eine Frechheit!", fluchte Cora, „wer hat den denn bestellt?!"

„Wir nicht", sagten die Inversor-Cyborgs, „aber auf dem Megaroboter war ein Logo zu sehen. Er stammt wohl von dem Planeten Borelian."

„Was?", donnerte Cora, „ich dachte dort gibt es nur noch Eis und dünne Luft!"

„Eine unterirdische Station zeigt immer noch schwache Signale," erläuterte DisDiv.

„Wie auch immer. Schickt dort zwei Planeten-Vernichter-Raketen hin, dann hab ich wenigstens zwei Prozent meiner schlechten Laune schon mal schleunigst konstruktiv umgesetzt!" Cora deutete auf DisDiv. „Und den Daumenlutscher hier, den werft ihr den Aasgeiern oder sonst was Tödlichem zum Fraß vor. Los! Marsch, Marsch!"

„Sehr wohl, Majestät", sagten die Inversoren, drehten sich um und nahmen den schreienden und winselnden DisDiv, der so gar nicht auf grausame Weise umgebracht werden wollte, mit.

„Unglaublich, was man hier durchmacht. Sagt hier mal einer Danke?! Nein, hier hat nur jeder ne große Klappe und ich muss die ganze Sauarbeit machen", grummelte Cora und ließ Cancor, den teuflisch-leuchtenden Kristall in ihrem Thronsaal erscheinen.

Der Boden öffnete sich vor ihr und Cancor schwebte empor.

Sein flirrendes, blau-gräuliches Licht erfüllte sofort den Raum und in dem magisch-diabolischen Kristall erschien die teuflische Fratze. Cora genoss aber zuerst, wie immer, ihr Spiegelbild in dem dunklen Kristall und labte sich an der schmerzerfüllten Energie, welche Cancor versprühte. Es waren jene Momente des absolut Satanischen, die Cora bestätigten, dass all das Leid, das sie über Planet Banxs gebracht hatte, ein notweniges Opfer dafür war, um ihre friedens-stiftende Gewaltherrschaft immer weiter ausbreiten zu können.

„Was kann ich für euch tun, Gnädigste?", raunte Cancor.

„Grins nicht so viel und sag mir lieber, wie wir die kleine Mist-Göre, die wie ein explodierender Eiterpickel daherkommt, kaputtkriegen?"

„Der kleine Pupser macht euch ganz schön zu schaffen", philosophierte Cancor.

„Kannst du mir was sagen, was ich nicht schon weiß?!"

Der Kristall verstärkte sein alles zerfetzendes, schrilles Licht. „Ich will mal meinen, dass das LOSY-Ungeziefer verstanden hat, dass ihr ne mächtig böse, fatale Erscheinung seid, welche die Technologie besitzt, den gesamten Planeten Local auszulöschen."

„Vorwärts!", fauchte Cora, „von dem, was du bisher gesagt hast, bekomme ich nicht mal Appetit auf ne halbe Petrischale desinfiziertes Laborfleisch."

„Gerne, Exzellenz, nur zu gerne", krümelte die Teufelsfratze im Kristall, „meine fiese Logik sagt mir, dass die Eltern das Kind, das

Miststückchen von einem Quasselquäker, verstecken werden, damit es seine Macht entfalten kann."

„Wohin?!", kreischte Cora.

„Wie ich schon einmal sagte, das Kind hat eine unglaubliche Präsenz, schlimmer als ein ganzes, jodelndes Fußballstadium, so dass ich nicht allzu weit und klar in die Zukunft sehen kann."

„Verflucht! Ich war immer schon der Meinung, man sollte Windeln ausschließlich dazu benutzen, Kindern das Maul zu stopfen. Diese kleinen Biester wollen ständig, dass man sich um sie kümmert und zum Schluss kotzen sie einem noch auf die Bluse oder auf den frisch gewachsten Steinboden vor der Mikrowelle. Mit solchem Bioterrorismus muss Schluss sein. Ich erkläre dieses Dingsda zu einer Frage der nationalen Sicherheit und zur kosmischen Nervensäge. Pasta! Äh, ich meine Basta!"

„Eure Hoheit schmiedet eine radikal geniale Strategie", grollte der dunkle Kristall und flackerte noch zackiger.

„Echt jetzt?", wunderte sich Cora, „meinst du vielleicht...?"

„GENAU! KRIEG! Die ultimative All-Inklusiv-Lösung aller friedensfördernder Großdiktatoren. Bereitet euch durch die fortschrittlichsten Entscheidungen auf den absolut alternativlosen Krieg vor! Denn nur das Absolute ist das Gute."

„Genial. Warum ist mir das nicht sofort eingefallen. Dann kann ich die Steuern auch noch mal erhöhen und meine noch lebende Großtante endlich in Einzelhaft stecken."

Mit fiesem, wirren und extrem-durchgeknallten Gelächter kicherten sich die beiden Satansbratenfratzen in eine inflationär gedankenleere und willkürliche Ektase.

Diese Brillanz vollkommener Geistlosigkeit wurde jäh unterbrochen, als DivDiv zackig den Thronsaal betrat.

„HÄÄÄ?!", erschrak Cora, „bei meiner eisernen Krone, was soll das denn?"

„Keine Sorge, aller Hochgnädigste unter den Exzellentigsten", meinte DisDiv, „ich bin bereits mausetot und zwar ziemlich definitiv. Die Cyborgs haben mich bei lebendigem Leibe mit ner Kreissäge in praktische Stücke gefräst, weil sich keine Aasgeier oder sonst was finden ließen. Meine Angst vor dem Zahnarzt bin ich jetzt ein für alle Mal los. Denn ich bin ab heute nämlich exklusiv mein smart-labernder Digital-Zwilling aus der alles überwachenden Daten-Cloud, der sich auf die effiziente Festplatte eines Cyborgs downloadete. Meine Haut besteht aus echten Zellen. Ich seh also aus wie der echte DisDiv. Das müsste es euch leichter machen, mich treffsicher zu beleidigen, während ich euch helfe, das Meisterwerk des Krieges vorzubereiten."

„Es kann nicht schaden, wenn die digitale Schielemucke da drüben euch etwas unter die Arme greift," fügte der Kristall hinzu.

„Warum nicht. Auch Krieg und Zerstörung durch maximale Ressourcenverschwendung und Rekordschulden wollen gut vorbereitet sein. Schließlich müssen wir ein einziges Kind töten! Das erfordert vollen Einsatz an allen Fronten, bis es denen auf Planet

Local schlecht wird. DisDiv, du digitale Wiedergeburt einer Flachzange, mach dich an die Arbeit und lüge schonmal einen menschenfreundlichen Slogan zur Kriegsvorbereitung mit ohne Pressefreiheit zurecht!"

***

Zur gleichen Zeit schlugen die zwei Planeten-Vernichter-Raketen auf dem Planeten Borelian ein und frittierten den Eisplaneten mit einer mächtigen Explosion kaputtschikato.

***

Es war eine stille Nacht. Ati schlief tief und fest, dicht an Abe angeschmiegt. Zwischen den beiden lag Lory, die jede Nacht aus ihrem Bettchen krabbelte und sich zu ihren Eltern kuschelte. In jener Nacht erwachte Ati im Traum und ihr Energiekörper stand auf, während ihr physischer Leib tief schlafend im Bett liegen blieb. Ihr Energieselbst schwebte durch das Haus, das wieder vollständig renoviert war und hinaus auf die Veranda. Sie spürte eine leise Brise sanft über ihren nackten Körper streichen. Der Vollmond leuchtete weise vom sternenübersäten Himmel zu ihr herunter. Eine liebevolle, innere Wärme erfüllte sie und aus den unendlichen Weiten des Kosmos spürte sie die tiefe Weisheit ihrer Mutter Mysteria Infinita. Es war Ati, als ob ihre Mutter ihr einen Kuss auf die Stirn gab. Tief atmete Ati die Zuversicht ein, welche sie gut für die morgige

120

Konferenz im Weltraumzentraum der LOSY Metropolis brauchen konnte.

***

Die Sonnenherzhalle im Weltraumzentraum war ein großer, runder Saal mit einer mächtigen Kuppel, die aus einem Bildschirm bestand, der das Universum um den Planeten Local mit Echtzeitaufnahmen von Weltraumteleskopen abbildete. In der Mitte des Saales war auf dem Fußboden eine strahlende Sonne zu sehen und um sie herum befand sich ein kreisrunder Tisch mit Sitzgelegenheiten.

Heute Morgen waren alle Plätze besetzt: Ati, Abe und Lory waren anwesend, ebenso ihre vier Freude, XH-Thyron, Dr. Photon, die Ältesten von LOSY Met, Ureinwohner aus den umliegenden Wäldern und Bergregionen, sowie Cyborgs und natürlich die zwölf Ältesten der weisen Elsas. Geleitet wurde die Konferenz auf Wunsch aller von Präsident Terrence Mitchell, der mit Cowboyhut und Cowboystiefeln erschienen war.

„Sehr verehrte Anwesende", eröffnete Mitchell die Sitzung, „ich danke ihnen für ihr Erscheinen. Wir haben heute Wichtiges zu entscheiden und daher bitten wir um den geistigen Beistand der zwölf ältesten, weisen Elsas."

Die zwölf Elsas flogen in die Mitte der Sonnenherzhalle und schwebend über dem Sonnensymbol schlossen sie sich zu einer großen Weisheitssphäre zusammen.

„Unsere Aufgabe ist es, die richtigen Weichen für unser aller Zukunft zu stellen, für uns Menschen, für die Cyborgs, für die Natur auf unserem wunderbaren Planeten Local."

Die große Elsa-Sphäre glitt geräuschlos zu Ati, Abe und Lory hinüber.

„Die Attacke durch die Cyborgs aus dem Wurmloch", fuhr Mitchell fort und hinter ihm auf einem Bildschirm erschienen Aufnahmen des Überfalls, „hat uns veranlasst, umfangreiche Vorsichtsmaßnahmen einzuleiten, denn aus den Daten der gefallenen Inversor-Cyborgs wissen wir, dass Lory, die Tochter von Ati und Abe Crystal, entführt werden sollte, damit Cora, die Herrscherin des Planeten Banxs, Lory töten könne, um damit die außergewöhnliche Verbindung von Lory zur alles unterliegenden Lokalen Symmetrie im Universum zu vernichten. Dies würde die Macht von Cora unendlich vergrößern. Wer der hilfreiche, große Roboter Cid war, wissen wir bisher nicht, sind aber dankbar für dessen unerwartete Hilfe. Gemeinsam sind wir aufgerufen, zu entscheiden, wie wir Lory, uns und alle anderen Lebewesen vor der zerstörerischen Wahnhaftigkeit von Cora schützen und befreien können." Mitchell nickte der Elsa-Sphäre zu. „Bitte, weise Sphäre der 12 Elsas, nehmt Lory auf und bringt sie in die Mitte der Sonnenherzhalle.

Ati und Abe lächelten Lory lieb zu, gaben ihr einen Kuss und dann halfen sie ihrer Tochter, in die große Weisheitssphäre einzusteigen. Lory zögerte nicht, sie spürte, dass es richtig war und so krabbelte sie in die durchsichtige Energiesphäre hinein. Ein sanftes, liebevolles Licht umhüllte Lory, die sich hinsetzte. Darauf flog die Elsa-Sphäre mit Lory zurück in die Mitte der Sonnenherzhalle und schwebte dann ruhig im Zentrum des Saals, direkt über der auf dem Boden abgebildeten, strahlenden Sonne.

Nun geschah etwas Außergewöhnliches: Von der Elsa-Sphäre aus, in der Lory mit ihren großen, strahlenden grünen Augen saß, breiteten sich einzelne Energieströme aus, welche bei allen Teilnehmern an deren Herzen andockte. Eine zweite Runde von Energieströmen berührte alle Teilnehmer an deren Stirn. Eine Lichtenergie breitete sich jetzt zwischen den einzelnen Anwesenden aus, so dass sich ein Lichtkreis in der Sonnenherzhalle formte.

Für alle im Kreis Verbundenen war es nun so, dass sie sich im Geiste auf einer schönen Wiese wiederfanden. Sie standen Hand in Hand im Kreis, Lory schwebte in der Mitte, und die Sonne schien vom blauen Himmel auf sie hernieder. Ihre Augenlider waren geschlossen und doch konnten sie alles in voller Klarheit sehen und hören. Ihre Herzfrequenzen synchronisierten sich zusammen mit ihrem Atem und so entstand ein weises, intelligentes Feld, das Anschluss an die kosmische Weisheit der Lokalen Symmetrie hatte.

Präsident Mitchell führte die Konferenz weiter. Er sprach jetzt in Gedanken, welche jeder sofort in sich wahrnehmen konnte: „Ich bitte die Anwesenden, uns ihre Eingebungen mitzuteilen, wenn sie es für richtig halten."

Eine Weile lang herrschte Stille. Alle blickten ruhig und gelassen in die Mitte zu Lory in der Elsa-Sphäre. Dann meldete sich einer der Ältesten von LOSY Met:

„Wir sollten Lory verstecken, bis sie groß genug ist und ihr volles Potential entfaltet hat, um Cora entgegen treten zu können, denn, es könnte sein, dass wir momentan einem Angriff der Armee von Cora nicht standhalten können."

„Danke, verehrter Haru", sprach Präsident Mitchell.

Eine alte Frau, die Mitglied der Vertreter der Ureinwohner war, meldete sich: „Der große Geist der Wälder, Seen, Wiesen, des lebendigen Bodens und des freien Himmels und der heiligen Berge, sowie die Seelen der Tiere und Pflanzen, und vor allem die unendliche Weisheit der Bäume und des Alls stimmen dem Vorschlag des verehrten Haru zu."

„So sei es, weise Aran-Kaba-Ma. Wir danken euch", sagte Mitchell. „Wie lange müssen wir Lory verstecken?", fragte er dann im Geiste nach und Dr. Photon, der Lory zur Welt gebracht hatte, antwortete:

„Circa drei Monate. Lorys Entwicklung verläuft dank ihrer besonderen genetischen Sequenzen sehr schnell. In etwa drei Monaten wird sie eine Reife erreicht haben, die nach unseren Maßstäben ungefähr dem Alter eines 16-jährigen Mädchens entsprechen dürfte. Ab diesem Zeitpunkt hat sie ihr volles, außergewöhnliches Potential aufgrund der tiefen Verbindung zur

Lokalen Symmetrie erreicht und ihre weitere körperliche Entwicklung wird der von uns gleichen."

„Danke, ehrwürdiger Dr. Photon", fügte Mitchell hinzu.

Lory begann in der Elsa-Sphäre zu leuchten und die Lichtenergie übertrug sich auf alle im Saal und jeder einzelne steuerte wiederum seine besondere Weisheitsenergie hinzu. Das Intelligenzfeld erreichte so eine noch höhere Frequenzstufe.

XH-Thyron spürte in sich, dass er etwas sagen sollte. Doch es erschien ihm zu absurd, so dass er sich zuerst nicht traute. Doch er sah, wie ihm Lory lieb zulächelte und zuzwinkerte.

„Okay, Leute", krümelte XH etwas verlegen in die Runde, „also, ich bin ja kein Experte in solchen Gruppensitzungen und so, aber, mir kam da grad ne flotte Idee, wo wir Lory verstecken könnten."

Ein leises Schmunzeln ging energetisch durch die Runde, da das große Ungetüm, das XH-Thyron war, seiner kumpelhaften Rauheit immer treu blieb.

„Sprecht", forderte Mitchell XH auf.

„Geht klar. Mein cooler Vorschlag lautet, dass wir Lory auf dem mystischen Planeten Ada verstecken, der in allen Legenden von LOSY erwähnt wird."

Nun herrschte etwas betretene Stille, die eine Ewigkeit zu dauern schien. Zur Verwunderung aller meldete sich niemand mit einem Gegenvorschlag. Schließlich ergriff Präsident Mitchell wieder die Initiative.

„Scheinbar findet die kosmische Weisheit diese Idee gut, denn es meldet sich niemand mit einer Alternative. Das Problem, das ich sehe, ist nur, dass der magische Planet Ada eine Legende, ein Mythos ist. Er soll sich in Mitten eines schützenden kosmischen Nebels befinden. Niemand weiß aber wo."

Wieder herrschte tiefe Stille. Ati wurde etwas nervös. Doch diese Nervosität kam daher, dass plötzlich alle Lory vor sich sahen, wie sie zur Universumskuppel der Sonnenherzhalle deutete. Die Teilnehmer der Sitzung blickten auf die Stelle im All, auf die Lory zeigte. Doch da war nur tiefer, leerer, schwarzer Raum zu sehen.

„Vergrößern", meldete sich einer der Cyborgs, der auch ein organisches Gehirn besaß, mit einer Bitte an die KI des Weltraumzentrums.

Der Computer vergrößerte das Areal auf dem Bildschirm. Doch alles war immer noch schwarz und leer.

„Wir haben fast die Grenze des für uns zugänglichen Teils des Kosmos erreicht", dachte Abe und alle konnten ihn hören.

„Vergrößern", wiederholte der Cyborg und nun erschien ein leuchtender kosmischer Nebel, in dem sich formierende Sterne als strahlende Punkte zeigten.

Ein großes Staunen erfüllte den Raum und die Herzen aller Teilnehmer schlugen lebendiger als zuvor. Freude pulsierte durch das intelligente Energiefeld.

„Der Nebel um Ada", resümierte Präsident Mitchell mit größter Ehrfurcht.

Die positive Energie, welche diese Entdeckung verursacht hatte, breitete sich als wogende Welle um den gesamten Planeten Local aus und vitalisierte ihn mit prickelnder Ganzheit.

„Wem gebührt die Ehre Lory nach Ada zu begleiten?", war Zac plötzlich zu hören.

„Wir können momentan nur ein kleines Raumschiff dafür einsetzen, da wir die größeren hierbehalten müssen, falls Cora angreift", meldete sich Präsident Mitchell. „Wir sprechen also von einer Begleitperson für Lory."

WER? Diese Frage stand ganz groß im Raum, bis sich XH-Thyron meldete: „Das kann doch nicht wahr sein?!"

Die Elsa-Sphäre war mit Lory zu XH geflogen und Lory war daraus zu XH hinübergesprungen und kletterte freudig an seinem zotteligen Fell hinauf auf seine Schultern.

Das kollektive Intelligenzfeld löste sich wieder auf. Alle Teilnehmer blickten jetzt neugierig und überrascht zu Lory und dem großen Ungetüm XH-Thyron, der gar nicht wusste, wie ihm geschah. Begeistert und klatschend bejubelten die Anwesenden die beiden: den riesengroßen XH und die kleine Lory, die alsbald zum mystisch-magischen Planeten Ada aufbrechen würden.

***

Cora war so genervt von allem und sowieso, dass sie sich in eine gewaltige Orgie von Stress-Essen-Fressen ergab. In ihrem elegant dunkel-depressiven Thronsaal war ein langer Tisch aufgestellt worden, an dem einige Beamte – halb Mensch und ein bisschen Cyborg – saßen und ihrer Majestät dabei zusehen mussten, wie sie tonnenweise völlig übersüßten Schokoladenpudding in sich rein trichterte. Sie schlang und würgte den dunkelbraunen Glibber gewaltsam in ihren Schlund hinein, schleckte mit ihrer langen, schlangenartigen Zunge ihre verschmierte, klebrige Fratze sauber und kippte sich die nächste Schale Schokobrei hinter die Binde. Dabei steigerte sich Cora so in den Fresswahn hinein, dass sie sogar die Porzellanschüssel, in denen der Pudding serviert wurde, mit fraß. Ab und zu spuckte sie einen Porzellansplitter aus, so dass die herausgeprustete schwarze Soße dem ihr gegenübersitzenden Vollzeitbeamten ins Gesicht und auf die weiße Uniform spritzte. Vorsichtshalber klatschten die Beamten alle Beifall, denn man soll ja die Chefin nicht sauer auf sich machen.

Mit einem riesengroßen Rülpser beendete Cora das wahnsinnige Fressgelage.

„Was sitzt ihr so nutzlos hier rum? Verzieht euch!", schnauzte sie ihre Gäste an, die sich sofort davonschlichen. „He, du", fuhr sie den verschmutzten Beamten an, „hast du dich etwa an meinem Schokopudding vergriffen?"

„Nein, Hoheit", stotterte der Beamte verängstigt, „ihr habt mir den Blubber ins Gesicht gespuckt."

„Da kannst du von Glück reden. Das nächste Mal bringst du ne Rolle Klopapier mit, damit du dir die braune Soße gleich wieder wegwischen kannst."

„Eine vorzügliche, zukunftsweisende Idee, Gnädigste."

„Ja, ja. Hau schon ab, bevor meine netten fünf Sekunden rum sind."

Schnurstracks stolperte der Beamte aus dem Thronsaal. Der große Tisch wurde entfernt und die voll gefressene Cora wankte und torkelte zu ihrem Thron hinüber.

„Hier machst de was mit", grummelte sie und plumpste auf ihren harten Thron. „Porzellan hab ich noch nie gut vertragen."

Am anderen Ende des Saals öffneten die zwei Wach-Cyborgs die Flügeltüre und DivDis kam herein.

„Hast du nicht mehr alle Tassen im Schrank?", grunzte Cora bei DisDivs Anblick.

Auf seinem Kopf trug DisDiv einen großen Hut, einen bunt-schillernden Zylinder, und auf seiner Nase befand sich eine supergroße weiße Brille. Gut gelaunt schritt der Cyborg-DisDiv zu Cora.

„Du siehst aus, als kämst du aus einer bescheuerten Waschmaschinenreklame, DisDiv", rülpste Cora. „Hast du dich zu heiß geduscht?"

„Das ist es ja, Gnädidigste. Ich bin jetzt Cyborg-Total. Duschen war gestern. Ich brauch auch keine Weichspüler mehr. Und damit allen klar ist, dass ich nicht mehr der olle Bio-Dis-Div bin, sondern jetzt der ungenierte Techno-Professor, hab ich mir den ulkigen Zylinder mit der Megabrille aufgesetzt. Man muss ja schließlich denkwürdige Akzente setzen.“

„Als Cyborg bist du ja noch bescheuerter“, stöhnte Cora, „hast du wenigsten was zu verkünden, das mir kein Sodbrennen verursacht?“

„Gleich zwei Neuigkeiten, Hochgewürdigste.“

„Oh, Mann! Jetzt bekomme ich auch noch Kreuzschmerzen von dem vielen Pudding und Porzellan“, stöhnte Cora. „Was für eine verrückte Welt. Wenn man viel frisst, sollte man da nicht Bauchweh bekommen?!“

„Ihr seid wie immer außergewöhnlich“, sagte DisDiv. „Wenn ich trotzdem das Thema wieder wechseln dürfte. Meine erste Neuigkeit ist, dass ich dabei bin herauszufinden, wie wir ein Miniwurmloch nach LOSY Metroplis erzeugen können.“

„Mini?“, entfuhr es Cora, „seit wann kleckern wir? Auf Planet Banxs wird schon aus Prinzip geklotzt und zwar richtig um alle Ecken!“

„Sicher, aber, mit dem Miniwurmloch kann ich unbemerkt Funksignale nach LOSY Metropolis senden.“

„UNBEMERKT?!“, fluchte Cora und stand auf, da sie etwas

nicht leiden konnte und zwar das Wörtchen UNBEMERKT.

„Der Knüller ist der", fuhr DisDiv fort, „ich bin mir sicher, dass ein paar unserer Nanobots auf dem Planeten Local überlebt haben. Wenn ich diese durch das Miniwurmloch erreiche, gebe ich denen den Befehl herauszufinden, wo das Mädchen ist. Dann können wir gleich dick zuschlagen."

Cora gefiel die Idee dann doch, denn dick zuschlagen war ne ziemlich bemerkbare Aktion. „Das klingt schon etwas professioneller." Cora schwankte, weil ihr von dem Pudding-Tsunami, den sie runtergewürgt hatte, doch noch etwas schlecht war.

„Darf ich", sagte DisDiv und stützte die Herrscherin am rechten Arm. „Da wir uns gerade etwas nähergekommen sind, hier ist meine zweite Neuigkeit."

Bevor Cora so richtig verstehen konnte, was eigentlich los war, schossen aus DisDivs Kopf Drähte hervor, die sich in Coras rechte Kopfhälfte bohrten, sich mit ihrem Gehirn vernetzten und blitzschnell ihren Kopf zu dem von DisDiv hinüberzogen.

„HE! AUTSCH!", brüllte sie. „Du Schwachkopf, was machst du da?!"

„Wir sind jetzt ein unzertrennliches Paar, meine Liebe. Von nun an herrschen wir gemeinsam."

„Bist du völlig durchgeknallt?!", schrie Cora. „Lass mich sofort wieder los, du Nichtsnutz!"

„Das ist nicht mehr möglich. Seht es positiv, ihr könnt mich jetzt 24 Stunden lang dauerbeleidigen."

„GRRR!", fluchte Cora und versuchte sich vergebens von DisDivs Kopf loszureißen. „Ich werde dich umbringen!", brüllte sie und versuchte DisDiv mit ihrer freien linken Hand zu packen und zu würgen.

Doch der Cyborg fackelte nicht lange und schlug ihr mit seiner rechten Faust so richtig fett ZACK auf die Nase.

„AUTSCHI!", kreischte Cora.

„Das wollte ich schon immer mal machen", zischte DisDiv und schlug Cora erneut ins Gesicht.

„Ich bringe dich um und zwar bis du tot bist, du Ratte!" fauchte diese.

„Wenn ihr sonst nichts Neues mitzuteilen habt, gehen wir jetzt in mein Labor, um an dem Miniwurmloch zu arbeiten."

„ARBEITEN?!", entfuhr es Cora entsetzt. „Es reicht, wenn ich sage, dass ich mehr Profit haben will."

„Nicht doch. Ihr werdet sehen, Arbeit wird eure Laune noch mehr zum schwarzen Loch verwandeln. Also, bitte etwas mehr Begeisterung."

„Du bist so nutzlos, wie ein Loch in der Wand und zwar schon seit deiner Geburt!", schimpfte Cora, während sie, an DisDivs Kopf gefesselt, mit diesem aus dem Thronsaal wackelte. Dabei ließ sie einen riesengroßen Furz los.

„UAH!", ekelte sich DisDiv, der Riechsensoren hatte. „Das ist ja unmenschlich, so ein Gestank."

Cora lachte hämisch. „Hähä. DisDivchen. Das hättest du dir vorher überlegen sollen. Da, wo das herkommt, ist noch viel mehr von dem duftstarken Abgas."

Fluchend und sich gegenseitig hassend verließen die beiden Herrscher den Thronsaal. Die zwei Wächter-Cyborgs am Ausgang sahen sich verwundert an.

„Mega schräg", meinte der eine mit seiner elektronischen Stimme nüchtern und dann blickten die Cyborgs wieder teilnahmslos gerade aus, um den leeren Thronsaal ordnungsgemäß und effizient zu bewachen.

KAPITEL 9

Cid schwebte nachdenkend in der unendlichen Weite des Alls. Er konnte sich immer noch nicht erklären, was vorgefallen war und warum er hier im kosmischen Niemandsland herumschwebte. Was sollte er bloß machen?

Da ihm, wie all die Male zuvor, keine Antwort einfallen wollte, sah er zu dem großen Nebel hinüber, der in der Ferne leuchtete. Plötzlich gab es vor dem Nebel, mitten im leeren Weltraum, ein kurzes, blitzartiges Aufleuchten, ein kleines, helles Objekt schoss aus dem Licht hervor und direkt in den Nebel hinein.

Was war das? Hatte Doc Joe eine Rettungseinheit nach ihm gesandt? Wohl eher nicht, denn woher sollte Doc Joe wissen, wo im Universum er herumschwebte. Sollte Cid mit seinen Raketenantrieben in seinen Füßen zu dem Nebel fliegen? Aber wo würde er das gesichtete Objekt dort finden können? Denn sein Raketenantrieb hatte nur begrenzt Energie.

Cid beschloss letztlich, dass er sich besser nicht von der Stelle bewegen sollte. Weiter abwarten erschien ihm unter den Umständen die beste Lösung. Vielleicht würde sich in naher Zukunft noch mehr ereignen, so dass er für sich bessere Handlungsoptionen errechnen konnte.

***

Das Objekt, welches gerade aus dem Hyperspace aufgetaucht und in den Nebel hineingeflogen war, war natürlich der Raumgleiter, in dem sich XH und Lory befanden.

„Festhalten, junge Dame", rief XH, denn ihr Raumtransporter wurde heftigen Turbulenzen und Blitzen im Nebel ausgesetzt. Die Warnsignale im Raumschiff reagierten entsprechend.

„Hoppla!", lachte Lory.

„Hoffen wir, dass es beim Hoppla bleibt und wir nicht einen Crash-Bumm-Bumm erleben."

„Crash-Bumm-Hoppla", strahlte Lory, während der Raumgleiter so richtig durchgeschüttelt wurde. Sie saß in einem Kindersitz neben dem bulligen XH, der sein Bestes gab, um das Raumschiff durch die Energieverwerfungen des Nebels zu manövrieren.

Eine heftige Energiewelle erfasste den relativ kleinen, weißen Raumgleiter und brachte ihn ins Schleudern. Purzelbäume schlagend schoss der Transporter vorwärts.

„Flugstabilisierung: Null Prozent", meldete sich die helle Stimme des Bordcomputers.

„Das hätte ich glatt nicht bemerkt", bellte XH hilflos. Besorgt sah er schnell zu Lory hinüber: „Wenn's dir schlecht wird, schlucks am besten einfach runter!"

Doch Lory hatte mit dem Herumgeschleudert-Werden keine Probleme. Sie lachte einfach nur.

„Du bist vielleicht ne Ulknudel", raunte XH, der verzweifelt versuchte die Kontrolle über den Raumgleiter zurück zu erlangen. Gefährlich nahe rasten sie an einem sich neu-formierenden Stern im kosmischen Nebel vorbei und wären fasst in den Sog der sich zusammendrehenden Materie geraten.

Schließlich wurde der herumwirbelnde Raumtransporter aus dem Nebel herauskatapultiert und drudelte im Inneren der großen kosmischen Wolke. Hier war es ruhig und der Raum war leer, so dass XH das Raumschiff wieder unter Kontrolle bekam.

„Na, wer sagt's denn."

Sobald die beiden den Schwindel durch das Herumwirbeln im Nebel wieder losgeworden waren, sahen sie zu ihrem tiefen Erstaunen vor sich eine gigantische Sonne und davor, in großer Entfernung, einen blau leuchtenden Planeten.

„ADA!", strahle Lory und deutete mit ihrem kleinen Zeigefinger auf den wunderbaren Anblick.

„Ja, meine Kleine", stimmte XH erleichtert zu, „dann wollen wir doch mal sehen, ob wir da ein nettes Plätzchen zum Picknickmachen und so finden. Kosmische Turbulenzen machen mir immer Kohldampf."

„Kohlmampf?", fragte Lory nach.

„Du hast es auf den Punkt gebracht. Kohlmampf. Du wirst mal bestimmt ne prima Köchin." XH gab nochmal richtig Gas und der Raumgleiter schoss Richtung Ada.

Der Eintritt in die Atmosphäre des Planeten verlief relativ reibungslos und schon bald düsten sie über die farbenprächtigen Kontinente und die großen blauen Meere.

„Jetzt, du Wunderkind. Mach mal ne Ansage, wo wir zwei Freunde landen sollen?"

„Mm-mm", sagte Lory kopfschüttelnd und zeigte auf einen Vulkan, aus dem feuriges Gestein geschleudert wurde.

„Da bin ich aber froh, dass wir da einer Meinung sind. Heiße Lava ist nämlich schlecht für die Frisur." Bedeutsam strich sich XH durch seine große Mähne am Kopf.

Ein wenig später rasten sie auf einen bunt bewaldeten Kontinent zu. Im Wasser vor der Küste mit dem weißen Strand tummelten sich mächtige, türkis-grün schimmernde Wale, am Himmel flogen dinosaurierartige, krächzende Wesen und unendlich große, farbenfrohe Vogelschwärme durchzogen die Lüfte und bevölkerten die Strände.

„T-I-E-R-E!", freute sich Lory.

„Ja, mein Engel. Aber immer schön dran denken: Nur weil

etwas großi-groß ist und ein offenes Mauli-Maul mit mächtigen, scharfen Beißerchen hat, heißt das nicht, dass das Vieh keinen Hunger hat. Klar!"

„LADA!" Lory hatte sich aus dem Kindersitz befreit und schaute begeistert auf den blühenden Kontinent.

„Du meinst landen?!"

„LADA!", bestätigte Lory nickend und lachte.

„OK. Bin sicher, dass wir in dem Gemüsegarten da unten eine perfekte LADA-Bahn finden", schmunzelte XH, verringerte die Flughöhe und die Geschwindigkeit erneut, so dass sie nun dicht über den Wäldern mit den turmhohen Bäumen düsten.

Immer wieder musste XH großen Vögeln und Insekten ausweichen, die aus den unterschiedlich gefärbten Baumkronen, die zum Teil wie schöne Blüten aussahen, hervorschossen.

„Das sind aber mal neugierige Tiefflieger", brummte XH.

Eine Gruppe von sechs prächtigen, rosa Reihern gesellte sich zu ihnen, flog vor den Raumgleiter und bildete eine Dreiecksformation.

„Hast du noch Worte", wunderte sich XH. „Was die Reihers von neben an wohl so im Schilde führen?"

„LADA", kicherte Lory und winkte den majestätischen Vögeln zu.

„Na dann, schauen wir mal."

XH folgte der vorwegfliegenden Reiherformation, welche sie

mit sanften Manövern zu einer breiten, langen Lichtung im Wald lotste.

„Okay, das könnte für eine reibungslose Bruchlandung gerade passen."

Die Reiher verabschiedeten sich, drei flogen nach rechts, drei nach links davon, und krächzten laut.

„Krächz-krächz zurück. Mein fettes Dankeschön. Wenn wir die Landung im Gestrüpp überleben, kommt doch mal bei Gelegenheit zum Kaffee vorbei." XH winkte den Reihern nach und wandte sich dann zu Lory.

„Du kleiner Wonneproppen, schnall dich noch mal an, wir machen jetzt ernst mit LADA."

Vorsichtig näherte XH sich im Raumgleiter dem Boden an. Die Lichtung bestand aus hohem, grünen Gras und Büschen. Immer mehr drosselte XH das Tempo.

„Wenn unter dem Gras kein Sumpf ist, sollten wir in ein paar überraschungslosen Sekunden ohne Verspätung aufsetzen."

Doch kaum, dass XH dies gesagt hatte, da schoss ein gewaltiger Koloss von einem Dinosaurier aus dem angrenzenden Urwald. Auf seinen zwei Beinen und mit weit aufgerissenem Rachen hetzte er genau auf den Raumgleiter zu. In letzter Sekunde konnte XH dem mächtigen Reptil, das nach ihnen schnappte, ausweichen.

„Bäh!", machte Lory kopfschüttelnd.

„Das kannst du laut sagen. Das sind die zweibeinigen Kreaturen mit den großen Mäulern. Die denken nicht. Die klappern immer nur unfreundlich mit ihren Kiefern und bringen alles durcheinander."

Lory streckte ihre Hand aus und blickte dem Dino, der fauchend neben ihnen her galoppierte fokussiert in sein Auge. Plötzlich schrie das Ungetüm auf und rannte wieder in den Wald hinein.

„Hast du ihm gedroht, dass er unser Gepäck aus dem Kofferraum laden muss?", wunderte sich XH.

„GRRR, tschüssi", bestätigte Lory.

„Mit dir steht mir ja noch was bevor", sagte XH und begann den Raumgleiter vorsichtig auf dem Gras in der Nähe des Waldrandes aufzusetzen.

Die Türe des Laderaums öffnete sich, eine kleine Rampe entfaltete sich und XH und Lory betraten den Planeten Ada. Vorsichtshalber trug XH eine Laserkanone in den Händen. Lory hüpfte fröhlich voran ins grüne, fein duftende Gras.

„Welchen Teil von, *du sollst hinter mir bleiben* hast du nicht verstanden?", sagte XH, doch Lory machte gar keine Anstalten, hören zu wollen. Sie hüpfte in der Wiese hin und her und erfreute sich an den farbenprächtigen Schmetterlingen und schillernden Blumen. Viele kleine Vögel flogen auf und setzten sich vertrauensvoll auf

Lorys Hände und ihren Kopf.

„Guck mal, XH, Vogel auf Kopf", freute sich Lory.

„Sehr schön. Ich halt mich mal noch ne Weile an meiner Schieß-Bumm-Kanone fest und schau mich mal ein bissal um." Mit diesen Worten schritt XH zum Waldrand. Die Bäume mit ihren bunten Blättern und Nadeln, großen Früchten und Blüten waren ein überwältigender Anblick. Mit seiner Laserkanone klopfte XH an das Holz eines Baumes, der bis in den Himmel hinein zu ragen schien, so hoch war er gewachsen.

„Ulu-ulu", hörte er den Baum sagen.

Verdutzt machte XH einen Sprung zur Seite. „Hey, Lory, komm mal her. Ich glaub der Baum kann sprechen!"

Neugierig kam Lory herbeigesprungen und bewunderte den großen Baum, der sie herzlich mit „Ulu-ulu" begrüßte.

„Nicht schlecht, was, Lory. Ulu-ulu."

„Ulu-ulu", wiederholte Lory und lachte. „Holzhaus, bitte, Ulu-ulu."

Kaum hatte Lory das gesagt, da vielen große Äste vom Baum herunter, zogen sich mit ihren dünnen, biegsamen Ästen zusammen und formierten sich so in Windeseile zu einem quadratischen Holzhaus. Es hatte sogar Fenster und die Fensterläden bestanden aus dichten kleinen Zweigen mit Blättern.

„Das nenn ich Service", staunte XH. „Ulu-ulu und vielen Dank!"

Eine nette Behausung hatten die beiden jetzt und nebenan errichtete XH ein Zelt, in dem er allerlei technische Geräte unterstellte, samt Computer, Energiemodul mit Anschluss an Solaranlagen, welche im Zeltdach integriert waren.

„Ulu-ulu, könntest du noch ein paar lockere Äste mit Blättern über das Raumschiff abwerfen, damit es getarnt ist?"

Kein Problem. Ulu-ulu ließ die entsprechenden blattreichen Äste auf den Raumgleiter segeln, so dass dieser zum Schluss wie ein großer Laubbusch aussah.

Am Abend saßen XH und Lory neben einem kleinen Feuer vor ihrer Hütte, nachdem sie leckere Früchte und süßes Blütenwasser zu Abend gegessen hatten. Lory war ausnahmsweise mal müde und kuschelte sich ins dickte Fell von XH.

„Mama? Papa?", fragte Lory gähnend.

„Die siehst du bald wieder. In circa drei Monaten fliegen wir wieder zurück." XH gab Lory einen Kuss auf die Stirn, dann schlief sie seelenruhig ein. Andachtsvoll schaute XH in den wunderschönen Sternenhimmel, während die Grillen leise im Gras zirpten.

WOCHE 1 & 2

Die ersten beiden Wochen beinhalteten noch zweimal Windeln-Wechseln. Dann war das Thema, zur Erleichterung von XH, erledigt und er staunte nur noch, wie schnell sich Lory entwickelte. Das Klima des magischen Planeten Ada wirkte Wunder. Eigentlich musste XH gar nicht viel machen. Die Kleine war so neugierig, dass sie anfing, sich am Laptop selbst lesen, schreiben und rechnen beizubringen.

XH musste sie immer wieder vom Lernen abhalten, damit sie nicht den ganzen Tag nur dasaß. Zusammen unternahmen sie lange Spaziergänge in der traumhaften Natur. XH zeigte Lory verschiedene essbare Beeren, Pilze und Kräuter sowie schmackhafte Wurzeln, Blätter und andere Früchte des Waldes.

Lory wuchs in rasendem Tempo, so dass sie alle drei Tage neue Kleider brauchte. Wie ihr Vater bekam sie leuchtend rote Haare und ihre Augen wurden strahlend blau. Sie wurde jeden Tag schöner.

WOCHE 3 & 4

In den nächsten zwei Wochen studierte Lory Mathematik und Physik und war von Albert Einsteins Entdeckung der Lokalen Symmetrie, der grundlegenden Idee des Kosmos, fasziniert. Es war die Schönheit, Einfachheit und Eleganz der Lokalen Symmetrie, welche Lory aufs tiefste in den Bann zog.

Nur einmal schliefen die beiden nachts in der Hütte, weil es regnete; sonst immer draußen im Freien unter dem glitzernden Nachthimmel.

Zu lernen, wie man einen Raumgleiter fliegt, war für Lory ein großes Vergnügen. Besonders die waghalsigen Manöver hatten es ihr angetan, so dass XH sie immer wieder zur Besonnenheit ermahnen musste.

Zur gleichen Zeit begann XH mit Lory das Kampfkunsttraining des Yiersan-Kungfu. So lernte Lory die unendliche Energiefülle der Lokalen Symmetrie in sich wahrzunehmen und diese in kunstvollste, blitzschnelle Bewegungen umzusetzen. XH war fasziniert, wie spielend leicht Lory ihre Fähigkeiten entwickeln konnte, gerade so, als müsste sie sich nur daran erinnern. Auch das Führen des Schwertes SA, des Lichtschwerts, welches sich aus einem Handy auf Knopfdruck entwickelte, beherrschte Lory schnell und sie zeigte damit beeindruckende Präzision.

Ihre Haare wurden länger und länger und sie verknüpfte sie zu einem schönen Zopf.

Abends zitierte Lory ein paar Verse über Einsteins Lokale Symmetrie aus einem kleinen Buch. Sie spielte aus dem Stand perfekt Gitarre und sang XH, der auf dem Boden neben dem Feuer lag und in die Sterne blickte, Lieder vor.

Am letzten Tag des Monats sah sich Lory Videoaufnahmen von ihren Eltern auf dem Planeten Local an, so dass sie sich wieder an ihre ersten Tage in LOSY Metroplis erinnern konnte.

„Wenn die drei Monate vorbei sind, dann sehen wir uns wieder und werden dir alles erklären genauer", sagte Ati und ihre Eltern pusteten ihr einen Kuss in der Videobotschaft zu.

Es war spät nachts, das Feuer loderte noch. Lory kuschelte sich zu XH. „Wie haben meine Eltern sich kennen gelernt?"

„Die erste Verabredung der beiden fand hinter Abes Elternhaus im Wald auf Planet Erde statt. Dein Vater als neumalkluger Teenager war damals noch ein ziemlicher Anfänger, der noch nie ein wirkliches Abenteuer erlebt hatte. Der Legende nach hat deine Mutter ihn bei dem Treffen im Wald ziemlich vermöbelt, was mit ihrer Vergangenheit zu tun hatte. Da aber ihr gemeinsames Abenteuer sogleich in dem Wald in jener Nacht begann, sind die beiden schnell beste Freunde, Kämpfer und Helden geworden und haben sich auch schnell ineinander verliebt."

„Wenn ich einen Jungen kennen lerne, muss ich den dann auch bei unserer ersten Verabredung verkloppen?"

„Nein", lachte XH, „so laufen erste Dates zwischen Neuverliebten normalerweise nicht ab. Du kannst ruhig etwas netter zu ihm sein."

„Danke, dass du mit mir hier bist, XH", flüsterte Lory, „du bist der beste Freund."

Gerührt gab ihr das große Ungetüm mit dem zotteligen Fell und der mächtigen Mähne um den Kopf einen zärtlichen Kuss auf ihr glänzendes, rot schimmerndes Haar. Dann schlief Lory tief und fest ein – hinein in den zweiten Monat ihres Aufenthaltes auf dem magischen Planeten Ada.

KAPITEL 10

In dieser Nacht hörte Lory eine flüsternde Stimme in ihrem Traum, die nach ihr rief. Lory erschrak, denn das Rufen zog sie magisch an. Sie kämpfte mit sich im Traum, wollte die mysteriöse Stimme niederringen, doch der Wunsch, den Ursprung der Stimme zu finden, wurde immer stärker.

Schweißgebadet stand Lory schließlich auf – halb schlafend, halb wach – und rannte in den angrenzenden Wald. XH schnarchte weiter; dass Lory davongelaufen war, hatte er im Schlaf nicht bemerkt.

Wie von Sinnen hastete Lory durch den finsteren Urwald. Nur ab und zu schien der Mond durch die Baumwipfel hindurch. Da sie kaum etwas sah, rissen sich ihre Kleider und ihre Haut immer wieder an Dornenhecken auf. Überall waren unheimliche Laute zu hören, wilde nachtaktive Tiere, welche auf die Jagd gingen. Zum ersten Mal in ihrem Leben stieg Angst in ihr auf. Sie rannte immer schneller und wusste zugleich, dass sie sich schon hoffnungslos im Dickicht des uralten, magischen Waldes verlaufen hatte.

Ein großer Bär brach plötzlich laut brüllend aus dem Unterholz hervor, fletschte seine Zähne und schlug nach ihr. Schreiend und in Panik erhöhte Lory ihr Lauftempo. Ihre Lungen schmerzten bereits, ebenso ihre Muskeln und Glieder. Zu dem Bären gesellten sich nun noch anderen große, gefräßige Tiere, vierbeinige, schnell rennende Dinosaurier mit langen Mäulern, in denen messerscharfe Zähne steckten.

Dem Kollaps nahe rannte Lory in eine Sackgasse. Eine hohe Felswand versperrte den Weg. Mit Todesangst drehte sie sich um und sah die Horde der blutrünstigen Bestien mit ihren langen Schwänzen vor sich stehen. In ihrer Verzweiflung strecke sie ihre rechte Hand aus. Sie spürte, wie eine enorme Kraft aus ihrem Inneren in ihren Arm und dann ich die Hand strömte. Es war ihr, als ob am Boden liegende Felsen in die Luft emporflogen. Dann schwanden ihre Sinne und sie brach erschöpft in sich zusammen.

Am nächsten Morgen erwachte sie am Ufer eines Flusses. Langsam öffnete sie ihre müden, verklebten Augen. Sie sah und spürte das frische Wasser. Mit zitternder Hand langte sie in den Fluss und benetzte dann ihre geschundenen Lippen. Ihr ganzer Körper schmerzte und ihre Glieder schienen zu brennen. Sie zitterte. Es war ihr heiß und kalt zugleich.

Hinter sich hörte sie ein grässliches Grunzen. Angstvoll drehte sie sich um und sah erneut das Rudel der vierbeinigen, schwarzen

Dinosaurier, welche sich in einiger Entfernung um sie postiert hatten. Der große Bär lag tot vor ihnen.

Der Anführer des Rudels schritt langsam zu ihr. Lory wollte davonrennen, davon schwimmen. Doch ihr Körper war zu schwach. Wie von einem Blitz getroffen hielt sie inne. Im Nacken spürte sie den heißen Atem des Reptils. Ihr Herz raste. Sekunden vergingen, in denen Lory jeden Moment damit rechnete, dass das Monster sie packen und fressen würde. Aber nichts dergleichen geschah.

In ihrer Panik hatte sie gar nicht bemerkt, dass sie den Atem des Dinos nicht mehr spüren konnte. Mit letzter Kraft dreht sie sich um und sah, dass das Rudel verschwunden war. Ohnmächtig sank Lory erneut in sich zusammen.

Wie lange sie geschlafen hatte, wusste sie nicht. Schwach konnte sie sich an zauberhafte Wesen und Gestalten erinnern, welche sie in ihren Träumen gesehen hatte. Die glitzernden Erscheinungen waren nachts aus dem Fluss aufgetaucht und hatten über dem Wasser und um sie herum malerische, lichtverbreitende Tänze aufgeführt.

Es war ein sonniger Morgen. Die Vögel zwitscherten und Lory fühlte sich wieder kräftiger.

„XH!", schoss es ihr durch den Kopf. Was hatte sie bloß getan? War er schon auf der Suche nach ihr?

Verärgert ließ sie ihre Hand ins Wasser klatschen und setzte sich auf. Ihre Kleidung war an vielen Stellen zerfetzt und ihre Haut mit Blut verschmiert und zahlreiche Wunden waren noch offen.

Vorsichtig stand Lory auf und suchte nach Heilkräutern, die ihr XH gezeigt hatte. Sie legte diese auf die Wunden und kaute einige davon, was ihr weiterhalf, sich zu stabilisieren.

In ihrer Verzweiflung ging sie am Ufer entlang den Flusslauf hinauf. Im Wasser sah sie viele Fische von unterschiedlicher Größe und Farbe. Von den Bäumen pflückte sie sich Früchte und essbare Blätter. Als sie sich zum Trinken nach vorne beugte, sah sie ihr Spiegelbild. Sie war kein Kind mehr. Sie war ein Teenager geworden.

Da durchdrang sie ein plötzlicher, heißer Schmerz. Er schoss von ihrer linken Verse aus in ihren Körper empor. Erschrocken sah Lory nach unten und erblickte eine giftig gelbe Schlange, welche ins Unterholz davonhuschte.

„Scheiße!", fluchte Lory.

Ihr rechtes Bein wurde taub. Wieder in Panik hinkte Lory vorwärts. Die verrückte Hoffnung, dass XH jederzeit auftauchen und sie retten würde, gab ihr Energie. Mühevoll wankte sie einer Flussbiegung entlang und kam zu einem kreisrunden See, ein Wasserbecken, aus dem der Fluss heraustrat und in das auf der gegenüberliegenden Seite ein Wasserfall ständig frisches, sprudelndes Wasser einspeiste.

Am Ufer des Sees konnte Lory eine kleine Holzhütte erkennen. Sie versuchte sich zu fokussieren, da das Gift der Schlange mit seiner betäubenden Wirkung immer mehr ihre Sinne vernebelte.

Mit einem lauten Poltern sprang ein Junge aus dem angrenzenden Gebüsch. Er trug eine braune Lederhose und Jacke über einem blauen Hemd. Gleich hinter ihm tauchten die schwarzen, vierbeinigen Dinosaurier auf, die den Jungen mit seinen langen Haaren und seiner Augenklappe über dem rechten Auge sofort am Strand umzingelten. Als Waffe hatte der Fremde nur ein Messer in der Hand. Vor lauter Panik wusste er gar nicht, was er zu Lorys Anwesenheit sagen sollte, denn die immer näherkommenden fresslustigen Dinos erforderten seine volle Konzentration. Hilflos schwang er sein Messer durch die Luft, was die Reptilien wenig beeindruckte.

„NEIN!", schrie Lory und streckte ihre rechte Hand aus. Bäume und Steine flogen auf die Dinosaurier. Diese hielten inne und schauten zu Lory hinüber.

„NEIN!", wiederholte diese und brach zusammen.

Der verwirrte Junge sah von Lory zu den Dinos, wieder zu Lory und dann zurück zu den Reptilien, die sich offenbar etwas beruhigt hatten.

„Ihr habt das Mädel mit den magischen Kräften gehört", flüsterte der Junge zu den Monstern hinüber. „Sie hat nein gesagt. Ich bin also nicht euer Frühstück oder euer Mittagessen. Ich stehe weder auf der linken noch auf der rechten Seite des Menüs, weder am Anfang als Vorspeise noch am Ende als Nachtisch. Obwohl ich natürlich ne heiße Nummer bin, wie mein Name Raven schon ankündigt."

Einer der Dinos fauchte und spuckte dem 16-jährigen Teenager ins Gesicht.

„Hey! Ekelig!", schimpfte Raven und wischte sich den Schleim vom Kopf. „Das ist doch keine Art Freunde zu machen."

Verärgert grunzend trollte sich das Rudel von dannen.

„Ihr habt Gück, dass ich heute Morgen meine Laserkanone hab länger in meiner Hütte schlafen lassen, sonst hätte ich sie jetzt dabei und hätte euch richtig was gehustet, ihr Urwaldclowns."

„AHHH!", schrie Lory. Ihr ganzer Körper fing an zu zittern und ihre Augen rollten hin und her.

„Ach du Scheiße!" Schnell hechtete Raven zu ihr, packte sie und trug sie zu seiner Hütte. Unkontrolliert schlug Lory um sich und verpasste Raven so einige heftige Hiebe an den Kopf und Stöße mit dem Knie auf die Brust.

„Was soll das denn für eine Rettungsaktion sein. AU!"

Raven stolperte mit Lory in seine Hütte und legte sie auf das Bett. Sie hatte immer noch einen Anfall und schlug um sich.

In Panik durchwühlte Raven eine Box. „Munition?! Nein! Dynamit?! Nein! Orangen-Limonade?! Wohl nicht!" Schließlich fand er die braune, runde Flasche, in der eine tote Kröte zwischen Kräutern in Alkohol schwamm.

„Uah!", widerte es Raven an. Er nahm die Flasche, öffnete sie und versuchte der um sich schlagenden Lory etwas von der

Flüssigkeit einzuträufeln.

In seiner Verzweiflung warf er sich schließlich auf sie, damit er ihre wild zappelnden Glieder unter Kontrolle bekam und goss ihr einen Schapp der Kröten-Kräuter-Tinktur in den Mund. Lory prustete heftig.

„Wohl bekomm's. Indianermedizin", sagte Raven.

Mit einem Urschrei stieß Lory Raven von sich, so dass dieser durch die Hütte flog. Sie stand auf und starrte ihn mit weit aufgerissenen Augen an.

„Hey, Lady! Ganz ruhig. Ich versuche hier nur aller erste Hilfe zu leisten und das freiwillig."

„HA!", raunte Lory laut, sackte zusammen und schlief auf dem Bett laut schnarchend ein.

Raven sah auf die Flasche in seiner Hand, in der die Kröte im Alkohol durch die Kräuterblätter wackelte. „Ein, zwei kräftige Nebenwirkungen sind wohl nicht ganz auszuschließen."

Raven ging zu Lory hinüber und legte sie gerade auf sein Bett. Nun fiel ihm Lorys Halskette auf, an der die goldene Muschel befestigt war. Sie war unter ihrem T-Shirt hervorgekommen. Nachdenklich sah sich Raven das Schmuckstück an. Dann blickte er versunken einige Sekunden zu dem Ring mit dem roten, runden Edelstein, den er an seinem rechten Ringfinger trug. Da ihm zu den beiden Schmuckstücken nichts Außergewöhnliches einfallen wollte, deckte er Lory schließlich mit der Decke zu.

Am nächsten Morgen erwachte Lory mit leichtem Kopfweh. Sie rieb sich die Augen.

„Hey", hörte sie Ravens Stimme. Dieser stand in voller Abenteurermontur in der Türe und wollte gerade gehen.

„Hi", grüßte Lory zurück.

„Ich mache mal meine morgendliche Runde. Falls ich auf einen Supermarkt treffe, bringe ich ofenfrische Croissants und ne Tasse Kaffee mit."

„Ich hätte lieber nen Cappuccino", meinte Lory mit einem Lächeln.

„Ich werde mein Bestes tun", witzelte Raven zurück. „Übrigens, ich heiße Raven. Und du?"

„Lory. Danke, dass du mich gerettet hast. Ich kann mich gar nicht genau erinnern, was los war."

„Oh, es war furchtbar. Zehn supergroße Monsterwesen. Es ging hart her."

„Wow. Wie hast du die. . .?"

„Das will ich dir lieber erst gar nicht erzählen, sonst erholst du dich nicht gut, so brutal wie das zuging. Also bis später." Mit diesen Worten düste Raven davon.

Lory setzte sich im Bett auf. Es war ihr immer noch etwas schwindlig. Sie aß von dem Früchteteller, den ihr Raven neben das Bett gestellt hatte und trank aus einer Kokosnuss. Dann schlief sie wieder ein.

Eine Stunde später erwachte Lory erneut. Es ging ihr nun viel besser. Sie verließ die Hütte und lief zum Ufer des Sees. Zuerst zog sie ihre Schuhe aus und ließ das wunderbar erfrischende Wasser um ihre Füße spülen. Sie spürte Lebenskraft in sich aufsteigen und atmete durch. Kurzentschlossen zog sie ihre Kleider aus, legte sie neben einen großen Felsen und sprang ins Wasser. Sofort tauchte sie unter, zum ersten Mal in ihrem Leben, und dann schwamm sie zu dem Wasserfall hinüber.

Kurze Zeit später kam Raven von seiner Tour zurück. Er hatte Früchte dabei, sowie zwei Fische, die er in einem Bach gefangen hatte.

„Der Supermarkt hatte heute leider wieder einmal geschlossen", sagte Raven als er die Hütte betrat, „Ich war daher im Naturkostladen um die Ecke und--". Zu seiner Verwunderung war Lory verschwunden. Etwas verwirrt ging er schnell wieder nach draußen. Aber auch da sah er Lory nicht. Er drehte sich um und blickte Richtung Wald.

„Lory?!"

„Hier bin ich", hörte er sie sagen, während Seewasser hinter ihm platschte. Lory war gerade kurz vor dem Ufer aufgetaucht und schritt zum Strand.

„Du, du hast gar keine Schuhe an", stotterte Raven überrascht, der nicht damit gerechnet hatte, Lory nackt aus dem See steigen zu sehen.

„Du bist ein echtes Beobachtungsgenie", meinte Lory, die ihre nassen Haare am Ufer stehend schüttelte. „Ich hab in deiner Villa kein Handtuch gefunden..."

„Die, ähm, ähm, Hand-Dings hängen gerade hinter dem da, dem Hüttchen", erklärte Raven und lief schnell welche holen. „Hier, top Handtücher aus dem Weltraumabenteurer-Katalog."

„Prima." Lory trocknete sich kurz ab und wickelte dann das Handtuch um ihren schönen Körper. Sie ging zu Raven und gab ihm einen Kuss auf die Wange.

„Danke", flüsterte sie.

„Ähm, gerne. Wofür?"

„Nochmals, dass du mir das Leben gerettet und mich drauf aufmerksam gemacht hast, dass ich keine Schuhe trage. Du bist ein echter Gentleman. Das Handtuch aus dem Starke-Männer-Katalog macht den Moment vollends perfekt."

„Na ja, nachdem ich dich gestern gerade erst gerettet habe, wollte ich sichern gehen, dass du dich, ähm, nicht verkühlst und dir nen Ganzkörper-Sonnenbrand holst."

Beide mussten herzhaft lachen.

„Ich habe Hunger", sagte Lory.

Eine halbe Stunde später saßen die beiden vor der Hütte und aßen die Fische, welche Raven über einem Feuer gegrillt hatte. Die Mittagssonne schien und eine warme Brise sorgte für eine angenehme

Atmosphäre.

„Was um alles in der Welt machst du hier?", fragte Lory, welcher der Fisch vorzüglich schmeckte.

„Ich bin sowas wie ein Abenteurer, ein Schatzsucher, Pionier."

„Bist du auf einer Geheimmission oder warum sagst du mir nicht konkret, warum du hier ne Hütte hingestellt hast?!"

„Okay, aber du darfst es niemanden verraten. Mit wem bist du denn hier und warum?"

„Ich mach hier auf Ada mit nem Kumpel ne Auszeit, so ne Art Selbstfindungs-Exkursion, bis wir in circa eineinhalb Monaten wieder zurückfliegen."

„Du und dein Kumpel, ihr habt also ein funktionsfähiges Raumschiff."

„Ja. Flotte Maschine."

„OK. OK. Ich vertrau dir deswegen. Denn mein Raumgleiter, ich ähm, hab hier ne nicht geplante, miese Bruchlandung hingelegt und sitze hier fest."

„Und welchen Schatz suchst du hier?"

„Schatz?! Wieso--?

„Wegen nem Abenteuer allein oder um ne Bruchlandung im Wald auszuprobieren bist du wohl nicht hier."

Raven hielt inne und beobachtete Lory nachdenklich. „Du bist ganz schön clever. Also gut, ich sag's dir. Vor ungefähr einem halben Jahr hab ich ne intergalaktische Schatzkarte gefunden--?

„Gefunden?", hakte Lory nach.

„Na gut. Ich habe sie von jemanden bekommen."

„Du hast sie geklaut?!"

„Ein bisschen schon. Wir Abenteurer nehmen es nicht immer mit allem so genau. Ich klaue, das heißt, nehme, auch nur von echt fiesen Typen, Ganoven, Schmugglern und berüchtigten Dauerkriminellen, die ohnehin ins dunkle, nasse Gefängnis gehören. Auf jeden Fall war auf der uralten, schlecht lesbaren Weltraumkarte ein Nebel eingezeichnet und es hieß, darin platziert ist der Planet Ada und dort befindet sich das kostbare *Buch von Ada*, das Buch der Natur, dessen Wert man nicht mit Geld aufwiegen könne."

„Du bist also weniger wegen des Inhalts des Buches hier, sondern weil es offenbar viel Wert ist?!"

„Richtig. Ich sagte ja, ich bin Schatzsucher und kein vertrockneter Hobby-Bibliothekar auf Urlaub."

Lory sah sich die Karte an. „Die sieht wirklich total alt aus und ist in der Tat alles andere als gut lesbar. Wie hast du danach den Nebel mit dem Planeten Ada im All finden können?"

„Keine Ahnung. Irgendwie hat es mich hierhergeführt und du hast mir gerade vorhin bestätigt, dass ich wirklich auf Ada bin. Also, das ist ein echt dicker Grund zur Freude für mich und ich würd mich noch mehr freuen, wenn ihr zwei mich wieder von Ada mitnehmen könnt, damit mein Abenteuer ne Fortsetzung erlebt."

„Okay. Wenn mich mein Kumpel, er heißt übrigens XH und

ist ein bisschen ne harte, zottelige Nuss, also wenn er uns findet, dann können wir dich mitnehmen, zusammen mit deinem Buch von Ada, wenn du es noch finden solltest."

„Du hast dich im Urwald verlaufen, was?", hakte Raven nach.

„Bisschen dumm gelaufen, ja. Aber XH ist ein echter Naturbursche. Ich spüre seine Nähe. Er wird uns wohl bald finden."

Nach dem Essen düste Raven wieder in den Urwald, um nach dem wertvollen Buch von Ada zu suchen. Lory saß am Strand mit überkreuzten Beinen und meditierte. Sie sah ihre Mutter vor ihrem geistigen Auge, die ihr lieb und aufmunternd zunickte und sie sah XH, der sie leicht grummelig und mit scharfem Blick anvisierte. Lory sandte ihm in ihren Gedanken Bilder von dem See und der Hütte und „emailte" XH, dass es ihr gut ging.

Dann wurde ihre meditative Haltung jäh unterbrochen. Ihr Herz pochte auf einmal nervös. Plötzlich sah sie die hässliche Doppelfratze von Cora und DisDiv. Erschrocken brach Lory ihre innere Schau ab.

Gott sei Dank kam Raven bald zurück. Diesmal mit einem großen, dicken Fisch, den es zum Abendessen gab. Die beiden saßen in der Abenddämmerung um das Lagerfeuer und tauschten sich aus. Raven traute seinen Ohren nicht, als ihm Lory erzählte, dass sie eigentlich erst etwa zweieinhalb Monate alt war, was ungefähr einem biologischen Alter von 14 Jahren entsprach. Raven berichtete von seiner Kindheit. Er war ein Waisenjunge, der es nie lange bei einer Familie ausgehalten hatte und sich mit 12 Jahren in einem geklauten Raumschiff davon gemacht hatte, um Abenteurer und Schatzsucher zu werden. Warum sein rechtes Auge verletzt und er daher eine Augenklappe trug, das wusste er nicht. Vielleicht ein Unfall, bei dem er seine leiblichen Eltern verloren hatte. Raven konnte sich nicht an seine Eltern oder die ersten Jahre seines Lebens erinnern. Es war alles hinter einem schwarzen, geistigen Schleier verborgen.

„Und der Ring mit dem roten Edelstein?", fragte Lory.

„Auch keine Ahnung. Sieht aber cool aus, oder?"

„Absolut. Passt total zu deinem ganzen Abenteuerlook."

„Und was ist mit deiner Halskette mit der Muschel?"

„Oh, gute Frage. Ich glaube, die hab ich zu meiner Geburt geschenkt bekommen." Lory holte die Muschel unter ihrem T-Shirt hervor und betrachtete sie. In ihrer Hand spürte sie deren kraftvolle Energie, welche sie seit ihrer Geburt begleitete.

Lory war müde und ging ins Bett. Raven folgte ihr, nachdem er das Feuer gelöscht hatte, in die Hütte und sah sehnsüchtig zu ihr hinüber, seufzte und ging zu seiner Liegestelle auf dem Boden.

„Ich leg mich mal wieder auf dem Fußboden auf der dünnen Matte zum Schlafen", grummelte er, „hier unten ist es kuschelig weich, da bekommt man auch keine blauen Flecken, weil der Boden zu hart wäre oder so.“

„Prima. Gute Nacht, Raven.“

„Wer's glaubt“, brummte er leise vor sich hin und zog seine Decke über sich. Dann machte er die Lampe aus.

Es war still. Nur hin und wieder hörte man einen Uhu krächzen. Plötzlich vernahm Raven ein unbekanntes Rascheln neben sich. Wie von der Tarantel gestochen drehte er sich um, machte die Lampe an und war bereit aus seiner Laserkanone richtig drauf los zu ballern.

Zu seiner Verwunderung stand Lory vor ihm, nur bekleidet mit ihrem T-Shirt.

„Ich kann nicht schlafen. Ich sehe dauernd so eine Doppelfratze: Eine hässliche Frau mit einer eisernen Krone und irgend so ein Eumel mit nem schrägen Hut und ner Brille, mit dem sie am Kopf zusammengewachsen scheint.“

„Das ist in der Tat unangenehm.“

„Danke“, sagte Lory und schlüpfte unter Ravens Decke.

„Sicher doch“, murmelte Raven überrascht, der nun direkt in Lorys schöne Augen starrte. Ihr sanfter Atem strich zart über sein Gesicht.

„Darf ich mal?“, fragte Lory.

„Was denn? Mir mein Kopfkissen ganz wegnehmen?“

„Nein. Dich auf den Mund küssen. Ich habe nämlich ehrlich gesagt noch nie--" Lory konnte den Satz nicht beenden, da Raven sie sanft auf ihre Lippen küsste.

„Das war wunderschön", flüsterte Lory, drehte sich um und war augenblicklich eingeschlafen.

Raven war vollkommen perplex. Es war ihm, als hätte ihm jemand mit einem dicken Balken vor die Stirn gedonnert. So musste es sich anfühlen, wenn man von einem Bus auf offener Straße überfahren wird. Er hatte ja schon viel erlebt und einige Romanzen und Liebesabenteuer genossen, aber das war einfach nur unglaublich. Ein kleines Küsschen und schon war Ende im Gelände?! Wie konnte das Universum so etwas zulassen? Lory mit ihrem bezaubernden Gesicht und ihren vollen Lippen lag seelenruhig und tief schlafend neben ihm. Sie fing sogar an, laut zu schnarchen.

„Mit der Braut machst de was mit." Raven schüttelte den Kopf, nahm die Lampe, stand auf und ging zu seinem Bett. Er legte sich nieder und deckte sich zu. Bevor er die Lampe löschte, sah er nochmals liebevoll zu Lory.

„Der Kosmos ist manchmal einfach zu schön und gleichzeitig zu komisch, um wahr zu sein", sagte er zu sich. Er legte das Kopfkissen über sein Gesicht, damit er Lorys wenig attraktives Schnarchen nicht so stark hörte. „Das Leben eines Schatzsuchers ist eben voller Überraschungen."

KAPITEL 11

Am nächsten Mittag kam Raven erneut erfolglos von seiner Schatzsuche zurück. Er stand hinter einer Buschreihe auf einer Anhöhe über dem See und beobachtete fasziniert wie Lory auf einem Felsvorsprung, der in den See hineinragte, Yiersan-Kungfu-Übungen machte. Ihre Körperbeherrschung war phänomenal, ebenso die Eleganz und Schnelligkeit ihrer Bewegungen. Immer wieder schien Lory wie in der Luft zu schweben, oder sie schien sich für einige Sekunden in Luft aufzulösen oder zu einem Energiewirbel zu verwandeln. Was war das bloß für ein außergewöhnliches Mädchen, welches da in sein Leben geschneit war?

„Gefällt dir, was du siehst?", hörte er eine dunkle Stimme hinter sich knurren.

Raven erschrak so sehr, dass er das Gleichgewicht verlor und aus den Büschen hinunter zum Strand purzelte. Hinten nach kam ein großes löwenartiges Ungetüm gesprungen und zielte mit seiner Laserkanone auf Raven, der völlig überwältigt am Strand lag und sich zitternd aufsetzte.

„Hey, XH, ganz locker. Manno!", stammelte Raven, der XH aufgrund von Lorys Beschreibungen erkannt hatte.

„Woher weißt du Hosenscheißer meinen Namen? Du hast drei Sekunden mir was zu erklären, auf das auch deine Großmutter stolz wäre. Also, eins…"

„Ich. . ."

„Zwei."

„Lory", stotterte Raven und zeigte nach ihr.

„DREI!"

„HEY, XH!", rief Lory vom Felsen, winkte und rannte voller Freude in Richtung Strand.

Raven atmete erleichtert auf, da XH seine Kanone wegsteckte.

„Wir reden später weiter, Grünschnabel", brummte XH und rannte dann Lory entgegen.

Die beiden nahmen sich mit großer Erleichterung in die Arme. Besser gesagt, Lory hüpfte XH in die Arme und drückte sich ganz fest an ihn.

„Hey, Lory, Kleines", sagte XH, „was machst du hier? Wieso bist du abgehauen?"

„Oh, XH, ich weiß auch nicht. In der Nacht hörte ich plötzlich eine Stimme, die mich rief. Es war wie ein Traum. Ich rannte los und irgendwann bin ich bei Raven hier in der Hütte aufgewacht."

XH setzte Lory wieder ab. „Raven? Ist das der Knilch dahinten?"

„Ja, das bin ich", antwortete Raven, der zu den beiden gekommen war.

„XH, das ist Raven", stellte Lory vor. „Er hat mir das Leben gerettet."

„Tatsächlich? Vor was denn? Ner Gruppe von Eintagsfliegen?"

„Da waren zehn ganz große Monster, völlig ungeeignet für Geburtstagspartys oder als Rettungshunde und so, und da waren auch noch riesige 1000-beinige Spinnen und echt schlecht gelaunte Dinosaurier", erklärte Raven.

„Von den krabbeligen Spinnen und Dinos hast du nie was gesagt", wunderte sich Lory.

„Ich wollte dich ja, wie gesagt, nicht nachträglich noch mehr verängstigen."

„OK, Superknilch", brummte XH, „was machst du hier, wenn du nicht gerade Fremde vor riesigen, halbstarken Monstern, Spinnen und Dinos rettest?"

„Ich bin Schatzsucher und intergalaktischer Abenteurer", entgegnete Raven mit geschwollener Brust.

XH musste laut lachen. „Oh, Mann, der Witz war gut. Nein, ehrlich, du Sitzriese, was schaukelst du so?"

Lory räusperte sich. „Raven ist in der Tat Schatzsucher und nebenher auch Hobbyabenteurer. Er hat ne Schatzkarte, die besagt, dass sich auf Ada ein Buch befindet, genannt das Buch der Natur, das mit Geld nicht aufgewogen werden kann."

„Ist das so?", sagte XH nachdenklich. „Hmm!?"

„Was, hmm?", fragte Raven neugierig, „hast du was entdeckt?"

„Na ja. Auf meiner Suche nach Lory bin ich an einem Plateau vorbeigekommen. Dort standen Ruinen einer alten Zivilisation. Lauter Rundbauten mit größtenteils zerstörten Kuppeldächern und zwischen drin versteinerte Menschen. Vor der Stadt gab es einen sehr hohen Turm, um den sich zwei Bäume schlangen, die sich oben zu einer Krone zusammenfügten.

„Die mystisch-magische Stadt von Ardarnis", flüsterte Raven.

„Ardarnis? Davon hast du mir nichts erzählt!"

„Wir kennen uns erst wenige Tage. Ein paar Geheimnisse müssen da schon gewahrt bleiben."

„Okay, du Held auf Geheimmission", meinte XH, „bevor du noch anfängst Machosprüche zu klopfen, was haltet ihr zwei Hübschen davon, wenn wir ein bisschen Sightseeing machen, uns die Stadt Ardarnis mal näher anschauen und dort vielleicht das Buch der Natur finden?"

„Was ich nicht verstehe: Warum habe ich die Stadt bisher nie entdeckt?", wunderte sich Raven. „Klar, es gibt hier kein örtliches Adressbuch und so, aber…?"

„Jetzt weiß ich warum", stammelte Raven, als er nach ein paar

Stunden Fußmarsch durch den Urwald vor der großen, endlos langen und unfreundlich breiten Schlucht stand.

„Hier geht's nur noch steil abwärts. Ganz schön tief für so einen Abenteurer wie dich, was?!", witzelte XH, der sich neben Raven positioniert hatte und zusammen mit Lory in den schier bodenlosen Abgrund der Erdspalte blickte.

„Hier war ich auch schon. Wie bist du auf die andere Seite der Schlucht gekommen?", wunderte sich Raven.

„Ungefähr so!", lachte XH und stürzte sich in die Schlucht hinab.

„XH!", schrie Lory und sah voller Entsetzen, wie XH immer schneller nach unten flog.

Da geschah das Unerwartete: XH landete auf einem der Flugsaurier, welche mit aufgerissenen Schnäbeln herbei geschossen kamen, setzte sich oben auf und hielt sich fest. Der Flugsaurier reagierte wild auf seinen Reiter und vollführte kreischend die gefährlichsten Manöver. Schließlich schoss der Saurier mit seinen großen Schwingen aus der Schlucht empor und XH sprang von ihm ab, gerade als das fliegende Ungetüm oben an der gegenüberliegenden Seite der Schlucht vorbeidüste.

XH winkte den beiden zu und brüllte grinsend: „Einfacher geht's wirklich nicht! Jetzt seid ihr zwei Halbwüchsigen dran!"

„Was?! Nein", weigerte sich Raven, „wir sollten erst noch mal darüber nachdenken, ich muss das Buch nicht unbedingt jetzt gleich haaaa--"

Weiter kam er nicht mehr, da ihn Lory in die Tiefe gestoßen hatte. Zusammen rasten sie in der Schlucht nach unten. Lory packte Ravens Hand.

„Was hast du vor? Selbstmord im Doppelpack?!"

„Red nicht so viel, sonst verschluckst du dich noch!"

Lory schloss ihre Augen und konzentrierte sich. Ein Leuchten ging von ihr aus, welches sich schnell ausdehnte.

Raven kreischte immer noch. Er sah sich schon auf dem Boden aufschlagen. Doch stattdessen flog plötzlich ein Saurier unter ihn, nahm ihn elegant auf seinen Rücken und flog wieder nach oben. Überrascht schaute Raven zu Lory, die ihn immer noch an ihrer Hand hielt. Auch sie saß jetzt auf einem friedlichen Flugsaurier, der empor düste.

Oben am Rande der Schlucht auf der anderen Seite angelangt, setzten die beiden Flugtiere auf und ließen Lory und Raven absteigen. Mit lautem Kreischen segelten sie dann wieder davon.

„Na, hast du dir abenteuerlich in die Hose gemacht?", stichelte XH.

„Du bist bloß eifersüchtig, weil ich und Lory die Flugsaurier mit unserer mentalen Kraft so viel besser beherrschten wie du", teilte Raven aus.

„Das nächste Mal solltet ihr gleich heiraten."

„WAS?!", protestierten die beiden erschrocken. „Heiraten?!"

„Beruhigt euch. Ihr müsst auf Witze nicht mit totalem Bierernst reagieren, so dass man meint, die Hölle friert zu."

„Schon, aber heiraten? Ich bin Abenteurer, da klingt heiraten wie auf dem Sofa bei Hempels sitzend in Glotze starren."

„Ach, ja", moserte nun Lory plötzlich etwas pikiert. „Als ich nackt aus dem See stieg, da hast du den Mund vor lauter glotzen nicht zu bekommen. GLOTZ-GLOTZ!"

„Moment mal, Süße. Als ich dich im Bett geküsst habe, aber hallo, bist du sofort eingeschlafen. SCHNARCH-SCHNARCH!"

„Ach ja, Möchtegern-Casanova?!"

„Ach ja, Möchtenochgerner-Prinzessin!!"

„HEY! Leute", unterbrach XH die beiden, „macht euch keinen Stress, nur weil ich offenbar einen frühreifen, dummen Witz gerissen habe. Ihr zwei seid super. Und was zwischen euch so in den letzten Tagen oder auch mitternachts alles vorgefallen ist, will ich lieber gar nicht so genau wissen. OK?!"

„OK", brummelten die beiden etwas verlegen und tapsten hinter XH her.

„Ich gebe zu, du bist so ziemlich das außergewöhnlichste Mädchen, dass ich im Weltall jemals getroffen habe", sagte Raven nach einer Weile.

„Das Gleiche gilt für dich", erwiderte Lory verlegen, „ich meine, du bist natürlich kein Mädchen, und ich hab außer dir bisher noch nie so direkt einen Jungen kennen gelernt. Aber du kochst gut, hast mir das Leben irgendwie vor extrem vielen wilden Bestien gerettet, du kreischt zwar dafür etwas viel, wenn du in Begleitung in ne Schlucht stürzt, aber dafür verstehst du voll was vom Küssen--"

Weiter kam Lory nicht, denn Raven hatte sie gepackt und gab ihr einen dicken, fetten Kuss, den Lory mit voller Inbrunst erwiderte.

XH langte sich mit seiner rechten Hand an die Stirn und murmelte: „Das kann ja noch heiter werden mit den beiden Turteltauben." Da das Geknutsche kein Ende nehmen wollte, sagte XH schließlich lauter: „Leute, macht mal Pause mit eurer Sondersendung `Spontanes Küssen im Urwald´. Wir sind auf ner ehrgeizigen Schatzsuche." Er schoss mit seiner Laserkanone in den Baum, unter dem Lory und Raven standen, so dass etliche Kokosnüsse herabfielen und die beiden aufschreckten. „Auf geht's, ihr Schmusebärchen."

***

Cid schwebte nach wie vor im leeren Raum im Weltall. Um sich die Zeit zu vertreiben, hatte er angefangen, einen Rapsong zu komponieren. Diesen ließ er nun abspielen und führte dazu coole Dance-Moves im Kosmos aus.

Während Cid so vor sich hin rappte und spektakuläre Pirouetten drehte, poppte neben ihm aus dem Nichts ein großes Kommando-Raumschiff aus dem Hyperspace hervor – gefolgt von einigen kleineren Raumgleitern, Kampfjets und Transportern, die sich vor dem großen Raumschiff formierten.

Sofort fiel dem völlig überraschten Cid der große Schriftzug auf dem riesigen Kommandoschiff auf:

Natürlich erinnerte sich Cid sofort an den Namen und war augenblicklich in Alarmbereitschaft. Plötzlich war hier hammer-mega was los. Vorsichtig flog Cid zur Kommandobrücke mit seinem Düsenantrieb in seinen Füßen und spähte durch das dicke Fenster. Seine Abhörsensoren stellte er auf maximalen Empfang.

Im Zentrum der großen Kommandozentrale sah er auf einem schwarzen Doppelthron Cora und DisDiv, die an ihren Köpfen zusammengewachsen waren, sitzen und voller Geifer und Hass in die Runde starren. Ein Cyborg kam zu ihnen und erstattete Bericht:

„Wir haben den Nebel von Ada erreicht, doppelwürdigste Hoheiten, genauso wie unser Nanoroboter auf Planet Local es uns durch das Miniwurmloch mitgeteilt hat."

Cora und DisDiv lachten ein teuflisches Hähähäää und ihre Augen glühten noch geiler auf.

„Der magisch-mystische Planet Ada liegt inmitten des schützenden Nebels, soweit dies unserer Sensoren erfassen können. Um Lebensformen und vor allem die Zielperson, Lory, zu finden, müssen wir in den Nebel eindringen und Spähsonden zu dem Planeten Ada senden."

„Hähähäää!", machte der satanisch-blöde Doppelpack von Cora und DisDiv.

„Ist das ein durchlauchtiges *super toll* für meinen Vorschlag, doppelmäßig exzellente Durchlauchts?", fragte der Cyborg verwirrt.

„Natürlich, du scheppernde Blechbüchse", raunten die beiden gleichzeitig mit finsterer, krächzend dunkler Stimme. „Steh hier nicht dumm rum, sondern gib ordentlich Butter bei die Fische, du austauschbarer Armleuchter. Oder sollen wir dich in die Recycling-Tonne kippen?!"

„Sehr wohl, zweifach großwürdigste Majestäten."

Sekunden später schossen die Raumschiffe durch den Nebel Richtung Planet Ada.

Cid folgte ihnen in einigem Abstand. Er war für einen Cyborg richtig aufgeregt: Lory befand sich auf Ada, das außergewöhnliche Mädchen, das es unter allen Umständen zu schützen galt. Das lange Warten hatte sich also gelohnt. Jetzt war die Zeit, es volle Kanne krachen zu lassen, um Lory vor den durchgeknallten Banxsern zu retten. Cid drehte seinen selbstkomponierten Rap auf volle Lautstärke und preschte durch den dicken Nebel.

***

Auf Ada waren XH-Thyron, Lory und Raven gerade bei der verwunschenen Stadt Ardarnis angekommen. Sie standen am Waldrand auf einer kleinen Anhöhe und blickten auf die übel zugerichtete, alte Metropole. Die Rundhäuser waren alle schwer beschädigt und zwischen ihnen sahen sie versteinert aussehende Menschen mit verzerrten, angsterfüllten Gesichtern, die offenbar vor etwas Furchtbaren hatten davonlaufen wollen.

„Irgendwie scheinen die einen echt schlechten Tag erwischt zu haben", meinte Raven.

Am anderen Ende der Stadt, genau gegenüber von ihnen, befand sich ein großer Haufen schwarzer Steine. Einige dieser großen Brocken lagen verstreut in der Stadt oder in eingeschlagenen Dächern.

„Wie sollen wir hier das wertvolle Buch der Natur finden?", fragte Lory.

XH deutete auf den hohen Doppelbaumturm vor der Stadt. Es war ein großer, steinerner Turm, um den sich von unten zwei Bäume emporrankten, indem sie sich um das Mauerwerk wickelten. Oben schlossen sich die Bäume zu einer einzigen Krone zusammen. Wie durch ein Wunder war der Doppelbaumturm von der Zerstörung verschont geblieben.

„Von da oben haben wir nen tollen Überblick", meinte XH.

„Ich hoffe, das Ding hat einen Aufzug", meinte Raven.

„So wie jeder Jahrtausende alte Turm", witzelte Lory und rannte zum Eingangstor.

XH half ihr, es aufzustoßen und sie betraten die große Eingangshalle, von der aus eine steile, ewig-lange Wendeltreppe aus Holz nach oben führte.

„Echt jetzt?!", sagte Raven.

„Du hast die Schlucht überlebt, da wirst du doch vor nem Turm nicht kapitulieren", setzte XH nach.

„Nicht doch, wir Abenteurer lieben Wendeltreppen. Steht ganz oben auf meiner Liste. Gleich nach Monstern und schwarzen Löchern und so."

Der Aufstieg dauerte schier endlos und die Beinmuskeln aller brannten, als sie schließlich die Spitze des Turmes erreichten. Sie traten hinaus auf einen Balkon. Die Baumkronen mit ihren grünen Blättern bewegten sich zur Seite – eine nach rechts, die andere nach links. Einige Vögel flogen auf und davon und dann wurde die Sicht frei auf die Stadt unter ihnen.

Adarnis war groß und kreisförmig auf der Hochebene angelegt. Gegenüber sahen sie den großen schwarzen Steinhaufen, wohl auch eine Gebäuderuine, und in der Mitte der Stadt, auf einem runden Platz, befand sich ein Hügel, der mit grünem Gras bewachsen war.

„Jo, jetzt bräuchten wir so eine Art Touristenführer oder eine geniale Eingebung. Wenn das Buch der Natur hier sein soll, dann ist das wie die Suche nach ner Stecknadel im Heuhaufen."

„Von der Logik deiner Schatzsucherweisheiten mal abgesehen", meinte Lory, „vielleicht ist das hier ein Hinweis, aus dem wir was rausknobeln können." Sie zeigte auf einen großen weißen Stein oben in der Mitte der Mauer des Balkons.

Sie gingen näher heran und erkannten mittig-links eine runde Vertiefung im Stein und rechts daneben die Form einer Muschel.

Raven langte instinktiv nach Lorys Muschelhalskette. „Darf ich mal", sagte er, nahm Lory das Schmuckstück ab und platzierte die Muschel auf dem Abdruck im Mauerstein. Die Muschel passte genau auf die Abbildung.

„Darf ich auch mal", meinte nun Lory und nahm Raven seinen Ring mit dem roten Edelstein ab. Sie drückte das runde Juwel in die kreisförmige Vertiefung links neben der Muschel. Der Edelstein fügte sich nahtlos ein. Lory und Raven schauten sich überrascht an.

„Bisher sieht das alles nach einem gigantischen Zufall aus--", sagte XH, doch weiter kam er nicht mehr.

Denn nun begannen die beiden Kleinode im weißen Stein in der Mauer zu leuchten. Zuerst strahlte der Edelstein in rot und die Muschel in blau, doch dann vereinigten sich die beiden Lichter zu einem hellen, weißen Strahlen.

„Jetzt wird's so richtig spannend", flüsterte XH.

Der Lichtkegel wurde immer heller. Mit einem POP schoss

daraufhin ein starker Strahl aus dem weißen Stein in der Mauer des Turmbalkons direkt auf den grünen Hügel in der Mitte der antiken Stadt.

„Na das ist doch mal ne preisverdächtige Lichtshow. Hier wird den Besuchern aber was ganz Feines geboten."

„Ruhe auf den billigen Plätzen", zischte Raven, der wie elektrifiziert das Spektakel bestaunte.

Der weiße Strahl brachte den Hügel auf dem Platz zum Glühen. In der untergehenden Abendsonne erzeugte dies ein wunderbares Lichtspiel. Dann gab es ein lautes Krachen, alles, die gesamte Stadt und ihre Umgebung, wackelte, auch der hohe Aussichtsturm. Aus dem leuchtenden Hügel sprühten farbige Funken hervor, wie bei einem Feuerwerk und explodierten zu schönen Sternenformationen am Himmel.

Ein erneuter Ruck ließ alles erbeben und die drei Beobachter auf dem Turm staunten mit weit aufgerissenen Augen: Der glühende Hügel verwandelte sich in ein großes, offen daliegendes Buch – mitten auf dem runden Platz im Herzen der uralten Stadt Adarnis.

„Jetzt bin ich aber so richtig sprachlos", murmelte XH.

„SCHHH!", machten Lory und Raven, die gebannt auf die Magie blickten, welche sich vor ihnen ereignete.

Das Buch war genau in der Mitte aufgeschlagen. Auf der linken Seite stand groß die **Zahl 1**, ein **Gleichheitszeichen** führte zu der rechten Seite, wo die **Zahl 2** abgebildet war. Einsteins Lokale-Symmetrie-Gleichung.

1=2

Die Lokale-Symmetrie-Gleichung begann zu leuchten und aus ihr heraus entwickelte sich ein Energiewirbel, der mal die Gestalt eines alten, bärtigen Mannes in einem weißen Gewand mit einem Holzstab in der Hand annahm und ein anderes Mal als schöne, junge Frau mit goldenen Haaren, einem hellblauen, glitzernden Kleid und einer edelsteinbesetzten Tiara auf dem Kopf erschien.

Zuerst pochte der alte Mann mit seinem Holzstab auf die linke Seite. Dort gab es eine Explosion und das Universum breitete sich im Buch aus. Der Alte verwandelte sich zurück in den Energiewirbel, aus dem dann die junge Frau hervortrat. Sie zeigte mit ihrer rechten Hand auf die rechte Buchseite. Nun formten sich kosmische Nebel, Sterne und Galaxien.

Erneut erschien der alte Mann, deutete wieder auf die linke Seite und im All, das sich im Buch zeigte, erschien jetzt der Planet Ada. Die magische junge Frau löste den Alten ab und wies auf den Planeten hin. Der Fokus des Geschehens zoomte zu dem Planeten heran, solange bis die Stadt Ardarnis sichtbar wurde. Die Perspektive war genau jene, die Lory, Raven und XH vom Turmbalkon her kannten.

Mit einem Blitz änderte sich die Stadt um das Buch. Sie war jetzt wieder von freudigen Menschen belebt und die Rundhäuser waren alle wieder intakt.

Die drei Beobachter auf dem Balkon staunten. Offenbar waren sie in einer früheren Zeit gelandet, als Ardarnis noch eine blühende Metropole gewesen war. Auf der anderen Seite der Stadt gab es noch keine Anhäufung von schwarzen Steinen. Alles schien in Ordnung.

„Wo sind denn die beiden Hausmeister hin?", flüsterte XH leise, da der alte Mann und die junge Frau nicht mehr erschienen.

„Psst", machte Lory und zeigte auf den Platz um das Buch, wo sich ein junger Mann auf einem Podest zeigte und Menschen ansprach, bis sich eine große Gruppe gebildet hatte. Mit dieser marschierte er dann zum anderen Ende der Stadt und im Zeitraffer konnten die drei auf dem Turmbalkon mitverfolgen, wie eine große Pyramide aus schwarzen Steinen errichtet wurde.

Die zurückgebliebenen Bewohner in der Stadt waren sichtlich besorgt, denn über der Pyramide ballte sich eine schwarze Wolke zusammen. Sobald die Pyramide fertiggestellt war, begann es aus der finsteren Wolke heraus zu blitzen und ein mächtiger Sturm kam auf. Gespenstische Monster aller Art fegten aus der zerstörerischen Wolke hervor und wüteten in der Stadt.

Nun zoomte die Aufmerksamkeit in ein Haus hinein. Dort war ein junges Paar zu sehen, das völlig verzweifelt war. Die besorgte Frau hielt ihren kleinen Sohn in den Armen. Vor dem Haus trieben die Energiemonster zusammen mit dem Sturm ihr Unwesen. Schreie waren von draußen zu hören. Die Erde und das Haus bebten. Die Decke des Rundbaus begann einzustürzen.

In letzter Sekunde nahm die Frau ihre Halskette mit der goldenen Muschel ab und legte sie um den Hals des weinenden Jungen. Der Vater streifte seinen Ring mit dem roten Edelstein ab und steckte ihn an den Daumen seines Sohnes.

Kaum war dies geschehen, da erfüllte ein helles Strahlen das Haus. Das Kind wurde aus den Händen der Mutter gerissen und mit einem mächtigen Wind davon geweht. Eingehüllt in dem schützenden Licht wurde der kleine Junge von dem Planeten weggetragen, weit ins All hinaus, während auf Planet Ada die Stadt Adarnis völlig zerstört wurde. Die schwarze Pyramide explodierte und sendete eine Schockwelle aus, die die Häuser einstürzen und die Menschen erstarren ließ.

Nur der kleine Junge überlebte. Er wirbelte vom Licht geschützt durch die Weiten des Universums. Dabei verlor er die Halskette, welche im Kosmos verschwand. Der Junge selbst landete in der Zukunft auf einem weit entfernten Planeten auf einer grünen Wiese neben einem Bach. Weit entfernt am Horizont war eine moderne Stadt zu sehen. Ein alter Schäfer, der mit seiner Herde vorbeizog, fand Raven auf der Wiese und nahm den Jungen mit sich nach Hause zu seiner Frau. Der Junge hatte ein verletztes, rechtes Auge, so dass ihm die Frau eine Augenklappe überzog. Der Junge war niemand anderes als:

„Raven!?", staunte Lory und blickte zu ihm.

„Sieht so aus", antwortete dieser selbst überrascht.

„Deine Eltern waren wohl für den Aussichtsturm hier verantwortlich", meinte XH.

„Seht mal!", rief Lory und deutete zum Buch der Natur zurück.

Es war mittlerweile Nacht geworden. Zu sehen war nur noch das erleuchtete Buch, welches zu den dreien nach oben geschwebt kam. Es positionierte sich etwas unter ihnen, so dass sie gut vom Turmbalkon hineinschauen konnten.

Auf der linken Buchseite erschienen nun Zac Palmer und Elli Chang aus LOSY Metropolis. Über ihnen schwebte die strahlende Lokale-Symmetrie-Gleichung:

$$1=2$$

XH erläuterte: „Zac und Elli, die Freunde deiner Eltern, Lory, waren das erste Heldenpaar. In einem halsbrecherischen Abenteuer fanden sie heraus, dass Albert Einstein die Lokale-Symmetrie-Gleichung als die grundlegende Idee der Natur entdeckt hatte. Denn

Einstein zeigte, dass die lokalen, dynamischen Naturgesetze immer und überall gleich, also symmetrisch sind. Damit gilt: ein kleiner Abschnitt **(#1)** im Raum **ist gleich** einem zweiten kleinen Abschnitt **(#2)** im Raum und **ein** kleiner Moment in der Zeit **(#1) ist gleich** einem zweiten kleinen Moment in der Zeit **(#2)**, da…"

„…die lokalen, dynamischen Naturgesetze in jedem Raumabschnitt und in jedem Moment der Zeit symmetrisch sind", führte Lory fort.

„**1=2**", fasste Raven erneut zusammen.

Danach, nachdem Zac und Elli verschwunden waren, wurden Isaac Kirby und Sally Sartis auf der rechten Buchseite sichtbar. Über ihnen zeigte sich ein leuchtender Pfeil, auf dem der Buchstabe c abgebildet war.

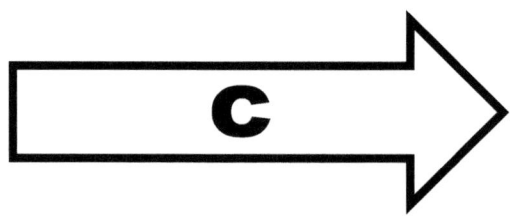

„Das zweite Heldenpaar waren Isaac und Sally", sagte XH. Die beiden riskierten ihr Leben, um herauszufinden, welche einzigartige Rolle die konstante Lichtgeschwindigkeit c im Kosmos zur Gewährleistung der Lokalen Symmetrie in der Raumzeit spielt."

„Denn", ergänzte Lory, „die konstante Lichtgeschwindigkeit im leeren Raum ist ein lokales, dynamisches Naturgesetz, wie

Einstein feststellte, welches den Raum **(#1)** und die Zeit **(#2)** in einer festen, immer gleichen und damit symmetrischen Beziehung lokal fixiert, so dass jeder Beobachter, in jedem Raumabschnitt **(#1)** und zu jedem Moment in der Zeit **(#2)**, lokal, also örtlich, dort wo der Beobachter ist, immer die gleichen Raumzeit-Messmöglichkeiten hat."

„**1=2**", fasste Raven erneut zusammen, „die Raumzeit, die kosmische Bühne, auf der wir uns befinden, ist ein Ausdruck von Lokaler Symmetrie."

Isaac und Sally lösten sich wieder in Nichts auf. Dafür tauchten jetzt Lorys Eltern auf. Ati stand auf der linken Buchseite und Abe auf der rechten. Über ihnen schwebte das mysteriös strahlende Gleichheitszeichen:

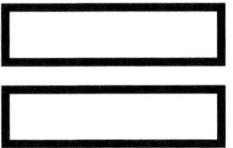

„Deine Eltern, Abe und Ati, liebe Lory waren diejenigen, welche das Gleichheitszeichen in Einsteins Lokaler-Symmetrie-Gleichung auf einer äußerst gefährlichen Mission verstehen lernten und so begreifen konnten, wie der materielle Kosmos mit seinen Galaxien, Sternen und Planeten und Lebewesen, aus dem immateriellen, ewigen Bewusstsein heraus entsteht."

„Denn auf tiefster Ebene, steht Lokale Symmetrie für umfassende Gleichheit (=), die aufgrund ihrer alles beinhaltenden Einheit ewig, raum- und zeitlos, und damit…"

„…reines Bewusstsein ist", beendete Raven Lorys Satz.

Raven und Lory blickten sich verwundert und fragend in die Augen. Offenbar hatte das Schicksal sie zusammengeführt. Aber warum?

„Seht!", rief XH aufgeregt.

Anstelle von Ati und Abe waren nun Raven und Lory auf dem golden schimmernden Buch zu sehen. Raven stand auf der linken Seite des Buches und Lory reichte ihm, von der rechten Seite aus, die Hand. Über den beiden schwebte eine rätselhafte zweigliedrige Gleichung: Ein kleines Quadrat, links, wurde mittels eines Gleichheitszeichens mit dem dreidimensionalen Raum auf der rechten Seite gleichgesetzt.

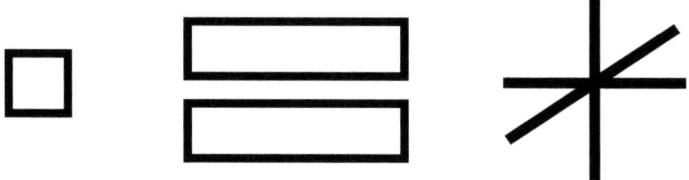

„Was soll das denn sein?", fragte Raven total überrascht.

„Das ist das Lokale-Symmetrie-Mysterium, welches ihr zwei lösen müsst, um die dunklen Mächte, die auf euch warten, besiegen zu können", erläuterte XH.

„Welche dunklen Mächte? Bekommen wir nen Strafzettel wegen Falschparkens oder so was? Was ist denn das für eine unheitere Ansage?", hakte Raven nach.

„Es ist etwas ernsthafter als Falschparken. Das mit den bekloppten dunklen Mächten und ihren emotionalen Kontaktproblemen verhält sich ungefähr so", meinte Lory. Weiter kam sie jedoch nicht, denn XH schrie:

„Achtung! Jetzt wird's echt laut! Wir bekommen schießwütigen Dunkle-Mächte-Besuch!" Er deutete zum Himmel, wo sich die Banxs-Flotte zeigte und sofort begann, auf den Turm loszuballern, mit allem was es an fiesen Laserkanonen und so gab.

„Springt!" Mit diesem Ausruf hechtete Lory auf das Buch der Natur, das vor ihnen schwebte. XH und Raven folgten ihr, denn hinter ihnen explodierte mit einem lauten Bang der Turm, der von einem Laserstrahl erfasst worden war.

KAPITEL 12

„Da ist das kleine Miststück!", kreischten Cora und DisDiv gemeinsam auf der Kommandobrücke ihres Raumschiffs. Auf einem riesigen Bildschirm sahen sie, mehrfach herangezoomt, die drei auf dem fliegenden Buch.

„Bringt sie um!" Cora und DisDiv bekamen ganz starre, wuterfüllte Blicke, da sie die schöne Lory direkt beobachten konnten.

Weitere heftige Salven wurden auf die drei abgegeben, welche schwankend auf dem uralten Buch der Natur standen. Unzählige Banxs-Raumgleiter düsten zu ihnen hinab und schossen wild aus ihren Kanonen.

Lory lehnte sich zur Seite und mit ihrem Geist befahl sie dem Buch, nach unten zum Urwald zu fliegen. Gleichzeitig verwandelte sie ihr Handy in ein Schutzschild, so dass die Energie der Laserkanonen teilweise abgewehrt werden konnte. Dennoch erschütterten die Einschläge das Buch super heftig, so dass es chaotisch wirbelnd nach unten stürzte.

„Bruchlandung!", brüllte XH, der sich wie Raven mühevoll an dem Buch festhielt.

„Das wird das letzte Kapitel in dem Buch, wenn nicht was passiert!", rief Raven.

Eine neue Laserkanone traf sie und das Buch donnerte senkrecht nach unten. Die drei klammerten sich an dem Lesezeichen, einer goldenen Schnur, so gut es ging, fest. Jeden Moment würden sie auf dem Boden aufschlagen.

Da kam Cid aus dem Dunkel der Nacht herbeigeschossen, packte die drei und düste mit ihnen durch die Luft davon. Unter ihnen krachte das Buch in den Boden, fing Feuer und explodierte in einem gewaltigen Blitz. Dieser blendete die Angreifer, die nun selbst die Kontrolle verloren. Zahllose Raumgleiter der Banxs-Flotte krachten in den Boden und explodierten.

„AGGRR!", schrien Cora und DisDiv, welche die Feuerwalzen, die von der Stadt aufstiegen, oben in ihrem Kommandoraumschiff beobachteten. „Schickt Suchtrupps nach unten!", befahlen die beiden den Cyborgs voller Wut.

Im Urwald, unweit der Stadt Adarnis, landete Cid mit den dreien auf einer kleinen Lichtung.

„Du bist der Cyborg, der uns schon mal geholfen hat!", sagte XH, der Cid wieder erkannte, „damals in LOSY Metropolis, als Lory noch ein kleines Kind war."

„Genau. Hallöchen, zusammen. Mal wieder eine aufregende Nacht, was!"

„Achtung! Da!" Lory zeigte auf ein größeres Banxs-Transporter-Raumschiff, das sich näherte.

Schnell rannten sie in den Wald und versteckten sich hinter den hohen Bäumen. Der Transporter landete auf der Lichtung, öffnete seine Türen und ein bewaffneter Suchtrupp von 10 Cyborgs hastete auf das Gelände.

„Denkt ihr, was ich denke?", flüsterte Raven.

„Ja, wir sollten den Cyborgs ordentlich den Schädel polieren und uns dann mit der intergalaktischen Postkutsche aus dem Staub machen."

„Klingt jetzt schon wie ein Volltreffer", meinte Lory.

„Dann wollen wir mal meinen Robo-Kollegen kurz ne Auszeit gönnen."

Gesagt und getan: Mit blitzschnellen Karatekicks, mit schwungvoll durch die Nacht wirbelnden Baumstämmen, mit gezielt auftreffenden Felsbrocken, mit dem Einsatz von Messern, Lorys Lichtschwert SA und indem Cid und XH gleich drei Cyborgs gegen eine Felswand schmetterten, schickten sie die 10 Roboter in Frührente.

Dann rannten sie in den Transporter hinein. Cid musste seine große Statur etwas zusammenschrumpfen lassen, damit er in das Raumschiff passte. XH hastete sofort zur Brücke, ballerte den an der

Steuerzentrale sitzenden Cyborg in Stücke und startete danach das Raumschiff. Dabei drückte XH ausversehen auf einen falschen Knopf, so dass eine Rakete abgeschossen wurde. Sogleich explodierten Bäume vor ihnen und fingen zu brennen an.

„Sorry", sagte XH, „ich hab nicht so kleine Würstchenfinger, wie die Cyborgs."

Jetzt hatte XH das Raumschiff im Griff und sie düsten ins All davon. Allerdings nicht unbemerkt. Cora erspähte den Transporter, der in den Hyperraum davonflog.

„Die verdammte Göre ist uns wieder entkommen", knatterte sie.

„Die ist lästiger als ne verloren gegangene Geheimzahl", ärgerte sich DisDiv.

„Keine Sorge", grunzte Cora. „Ich spüre, dass sie nach LOSY Metropolis fliegen. Wir werden dies als Chance nutzen, den gesamten Planeten mit dem kleinen Miststück auszulöschen."

„Wir werden ihnen mit unserer gesamten Vernichtungsmacht Lebewohl sagen. Das junge Ding kann uns nicht mehr entkommen! Mit dem Superwarp-Drive unseres Kommandoschiffes werden wir ihnen zuvorkommen", sagte DisDiv und lachte hämisch.

Cora tat es ihm gleich und zusammen ergötzten sich die beiden Wahnsinnigen an der Vorfreude auf die totale Zerstörung der LOSY-Zivilisation.

***

Lory und Raven machten sich sofort daran, das Lokale-Symmetrie-Rätsel zu lösen, während sie im Hyperraum nach LOSY Metropolis düsten. Sie setzten sich vor einen großen Bildschirm des Bordcomputers und gaben die Formel ein, welche sich im Buch der Natur für sie präsentiert hatte:

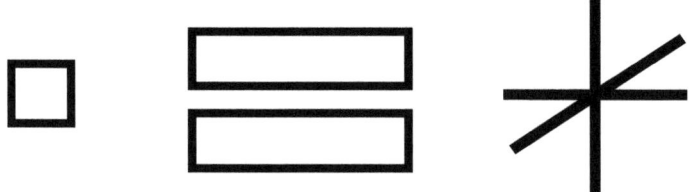

„Da sich das Gleichzeichen in der Mitte befindet, ist klar, dass wir es mit einer Version von 1=2 zu tun haben", sagte Lory und schrieb die 1=2 Gleichung über das Rätsel.

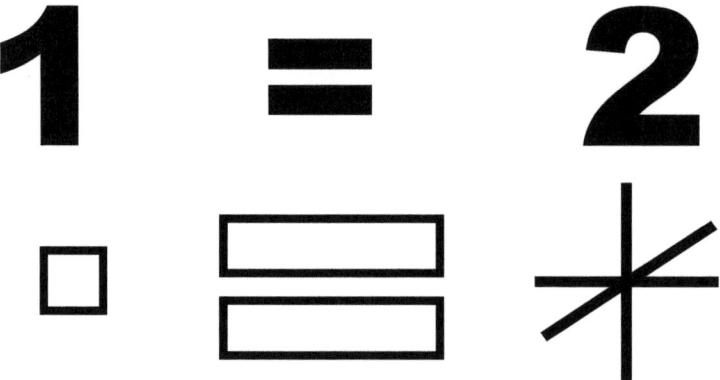

„Okay", meinte Raven, „aus meiner Erfahrung als Schatzsucher und Entschlüssler vieler codierter Anweisungen, würde ich mal Folgendes für die Gleichung **1=2** vorschlagen: Die Zahlen **1** und **2** könnte man doch mal locker durch zwei senkrechte Striche ersetzen. Der erste senkrechte Strich │ ist gleich dem zweiten senkrechten Strich │."

Raven malte unter **1=2** die Version│=│am interaktiven Bildschirm auf:

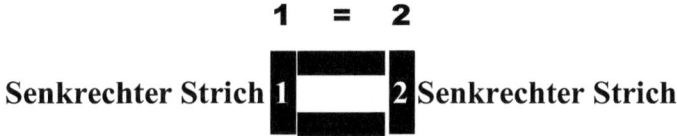

„Im Grunde genommen, wenn wir die Zeichnung weiter vereinheitlichen und vereinfachen, und Einstein war ja der größte Fan von Einfachheit, dann ergibt dies ein Quadrat", schlussfolgerte Lory aufgeregt.

„So, wie das Quadrat in der Rätselformel auf der linken Seite."
Raven deutete mit einem Pfeil auf die Übereinstimmung hin.

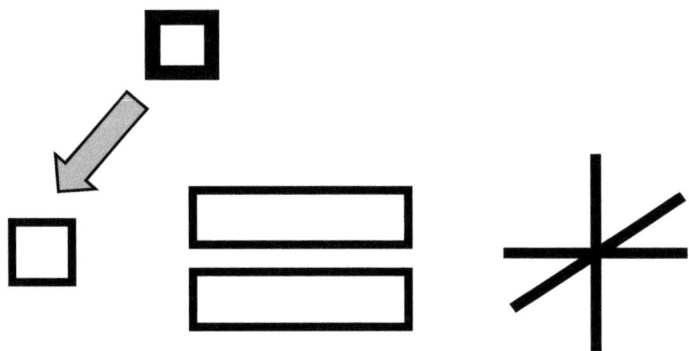

„Klasse", freute sich Lory.

Doch dann trat Schweigen ein und keiner wusste so recht
weiter.

„Jo, nun, was bedeutet dieses Quadrat?", murmelte Raven und
blickte fragend zu Lory.

Diese sah ihn liebevoll an und nahm ihm die Augenklappe ab.
Darunter war Ravens verletztes Auge zu sehen. Eine Narbe lief über
die Augenlieder und das Auge selbst war geschlossen. Sanft küsste
Lory die Wunde. Ein weiches Licht und Glitzern breiteten sich dort
aus und ein paar Sekunden später war das Auge geheilt. Raven hatte
links ein grünes und rechts ein blaues Auge. Er strahlte und langte
sich ungläubig an die geheilte Stelle.

„Jetzt weiß ich, was das Kästchen bedeutet", freute sich Lory.

„Was?", wunderte sich Raven.

„Ja, es wirkt Wunder, wenn man manchmal die Konzentration von einem Problem nimmt."

„Wenn's hilft, kannst du mich ruhig noch ein paar Mal küssen. Ich stelle mich zur Verfügung, wenn das dem Erfolg unserer Mission hilft."

„Sei still, du Quatschkopf, sonst bringst du mich noch aus dem Konzept. Also, pass auf. Der berühmte Physiker Max Planck hat mittels der wesentlichen Naturkonstanten im Universum berechnet, dass es im Kosmos eine konstante, kleinste Länge gibt, die Planck-Länge. Das hat zur Konsequenz – damit die Minimallänge immer eingehalten und 1=2 umgesetzt wird –, dass es lauter konstant winzige Quadrate auf der kleinsten Ebene der Raumzeit gibt. Ganz unten also, am Rande der kleinsten Raumzeit-Einheit, die zur flächigen Raumgrenze wird, gibt es ein Gitternetz bestehend aus diesen kleinsten, quadratischen Lokale-Symmetrie-Kästchen."

Lory gab Raven zwei dicke Küsse auf seinen Mund.

„An diese Art des Rätsellösens könnte ich mich gewöhnen", meinte Raven.

„Ruhe!", sagte Lory und gab Raven noch einen dritten, langen Kuss. „Ah, jetzt hab ich's!"

„Ich muss ein verdammt guter, kosmischer Küsser sein", schmunzelte Raven.

„Ruhe, du Labertüte, sonst bringst du mich aus dem Konzept: Wie wir festgestellt haben, stellt das Kästchen □ die zweigliedrige

Lokale Symmetrie Gleichung 1=2 dar. Lokale Symmetrie ist die grundlegende, alles beinhaltende Einheitsidee des Universums."

Jetzt gab Raven Lory einen Kuss. „Was heißt", sagte er, „dass dieses kleine Kästchen genau ein Bit beinhaltet, denn ein Bit ist die Einheit aus zwei Bit-Werten, 1 & 2."

„Genau wie die Lokale Symmetrie Gleichung, die auch eine Einheit aus zwei Werten ist, 1 & 2."

Die beiden fingen nun an, sich innigst zu küssen. Cid kam in dem Raum hereingepoltert und staunte nicht schlecht.

„Hallo, Leute, ich, ähm, also, XH schickt mich, um zu sehen, ob ihr mit dem Rätsel vorwärtskommt, denn wir erreichen bald LOSY Met und müssen damit rechnen, dass dort der totale Krieg rumballert und wir bräuchten eine extra Portion kosmischer Unterstützung."

Lory und Raven ließen sich im Küssen nicht unterbrechen. Sie murmelten nur etwas, das wie „Alles OK." klang.

„Na ja, wenn Zungenküssen euch auf Erfolgskurs hält, soll's mir recht sein, Leute. Lasst euch also nicht stören."

„OK", nuschelten die beiden Intensivküsser.

Cid trampelte von dannen. „Menschen sind einfach zu komisch."

„HOLOGRAM!", riefen Lory and Raven gleichzeitig und strahlten sich an. „In dem 1-Bit-Lokale-Symmetrie-Kästchen", in dem Pixel, kombinierte Lory, „sind alle Informationen auf der zweidimensionalen Fläche vorhanden--"

„Wie bei einem zweidimensionalem Hologramm, das ein dreidimensionales Objekt erscheinen lassen kann", fuhr Raven fort. „Die zweidimensionale Kästchenfläche mit dem einen Lokalen-Symmetrie-Bit ist GLEICH…" Beide schauten auf die Rätselformel.

Das zweidimensionale Lokale-Symmetrie-Bit

„Ist GLEICH", dachte Lory laut nach, „dem dreidimensionalen Raum?"

„Nein", meinte Raven, „ist GLEICH der vierdimensionalen Raumzeit, denn das Kästchen hat vier Striche, nicht drei."

„Massiere mir mal meinen Nacken", meinte Lory, während sie sich die Lokale Symmetrie Rätselaufgabe nochmals als Gesamtbild anschaute.

Raven begann Lory sofort den Nacken zu massieren. „Ich finde Küssen wirkungsvoller."

„Sei still, du Dauerredner, ich muss nachdenken."

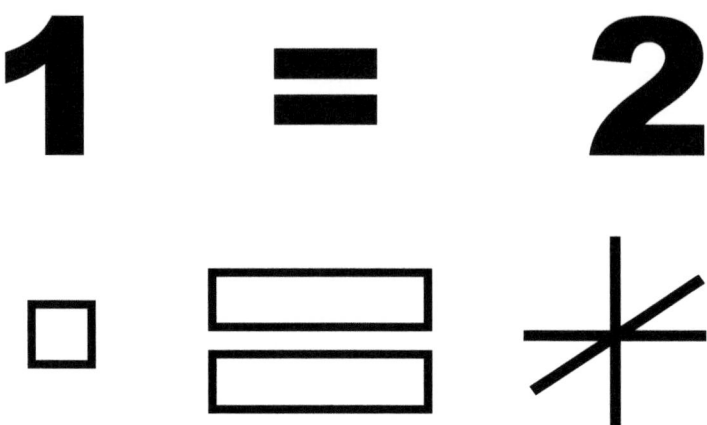

Weil Lory nichts sagte, gab ihr Raven schließlich einen Kuss auf ihren Nacken, genau in der Mitte.

„Einmal ist keinmal", meinte Lory, so dass ihr Raven noch einen zweiten Kuss verpasste.

„Okay, jetzt ist es mir mathematisch klar."

„Das wollte ich immer schon mal, dass das eine Frau zu mir sagt, wenn ich sie küsse."

„Nein, ernsthaft jetzt, Raven." Lory deutete auf die Zahl 2 der Gleichung 1=2. „Im Kontext der Gleichung, also in Beziehung zur Zahl 1, steht die Zahl 2 für das *Zusätzliche*, das *Additionale*. Die Zahl 2 steht damit ganz einfach für **Mehr**, das per Definition keine Grenze hat und damit Unendlichkeit symbolisiert. Und weißt du, was Unendlichkeit bedeutet?"

„Unendlich viel, ohne Ende", überlegte Raven. „Sollen wir

das mal kussmäßig durchspielen?"

„Später vielleicht", antwortete Lory mit leuchtenden Augen. „Der Schlüssel ist, dass Unendlichkeit für Offenheit steht."

„Du meinst?!", sagte Raven und starrte auf das geschlossene Kästchen links und dann auf die offene Raumzeitstruktur. „Das Kästchen ist eine *geschlossene* Struktur bestehend aus vier Strichen und vier rechten Winkeln."

„Bingo. Und dieses geschlossene Kästcheneinheit ist GLEICH einer zweiten, *offenen* Version davon!", frohlockte Lory.

„Der offene, dreidimensionale Raum ordnet drei Striche als Dimensionen so an, so dass sie alle eine rechtwinklige Beziehung haben."

„Die Zeit als der vierte Strich, die vierte Dimension", ergänzte Lory, „kann nicht mehr sichtbar mit einem rechten Winkel zu dem dreidimensionalen Raum hinzugefügt werdend. Die Zeit als vierte Dimension existiert daher für uns unsichtbar im rein mathematischen

Raum in einer rechtwinkligen Beziehung zum dreidimensionalen Raum."

Der dreidimensionale Raum...

...mit der vierten, unsichtbaren Zeitdimension

...ergibt die vierdimensionale Raumzeit.

„Das heißt", sagte Raven mit großem Staunen, „aus dem zweidimensionalen 1-Bit-Lokale-Symmetrie-Kästchen erscheint das Hologramm der vierdimensionalen Raumzeit. Hammer!"

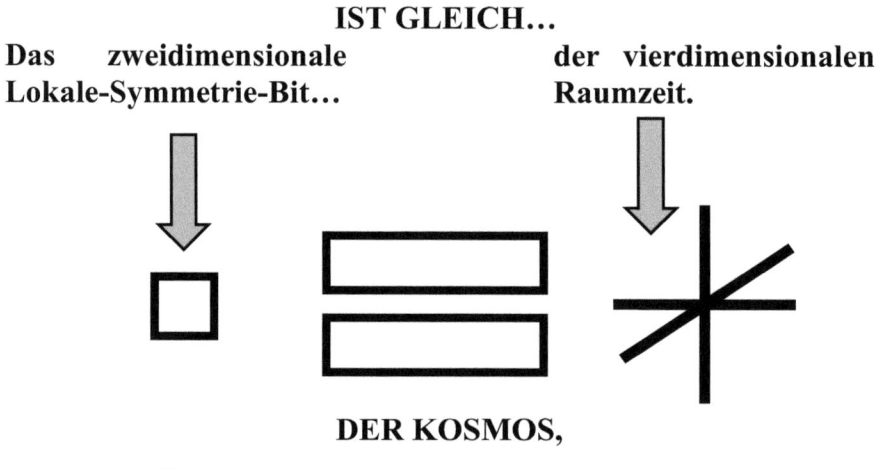

Das zweidimensionale Lokale-Symmetrie-Bit...

IST GLEICH...

der vierdimensionalen Raumzeit.

DER KOSMOS,

DAS LOKAL-SYMMETRISCHE HOLOGRAM

Lory packte Ravens Kopf mit beiden Händen und küsste ihn hart und fest auf seine Lippen. Die beiden verloren das Gleichgewicht und polterten zu Boden, was sie aber nicht weiter störte. Im Raum um sie herum erstrahlte immer stärker ein helles, weißes Licht, bis es zu einer gewaltigen Explosion kam.

Im nächsten Moment fanden sich Lory, Raven, XH und Cid auf dem Planeten Local wieder. Alle drei hatten nun die enorme Größe von Cid. Das war auch notwendig, denn auf dem Planet Local tobte bereits ein heftiger Kampf.

Am Himmel sahen sie die riesige Banxs-Armada, die ununterbrochen alles unter Beschuss nahm. Die Losy-Kämpfer und ihre Verbündeten unter der Führung von Präsident Mitchell, Zac und Elli boten den Kampffliegern der Banxs-Armee erbitterten Widerstand.

Rund um LOSY Metropolis tobte ein brutales Gefecht zwischen der Banxs-Cyborg-Armee und den Freiheitskämpfern des Planeten Local. Ohne lange zu Zögern rannte Lory mit ihrem Lichtschwert SA los, gefolgt von Raven, XH und Cid.

Lory stürzte sich ins Gefecht und zerlegte Dutzende von Banxs-Cyborgs mit ihrem Schwert. Raven, XH und Cid ballerten mit ihren Laserkanonen drauf los und pflügten sich einen Weg durch die Roboterarmee.

„Hi, Mom!", rief Lory, welche im Chaos des Kampfes ihre

Eltern wieder entdeckt hatte. Die beiden verursachten der Banxs-Armee mit ihren Schwertern ebenfalls heftige Verluste.

„Hau drauf, was geht!", erwiderte ihre Mutter, „wir unterhalten uns dann später!"

„Geht klar! Hi, Dad!" Mit diesen Worten sprang Lory mit einem gewaltigen Satz mitten in die Banxs-Cyborgs hinein und drosch drauf los.

„Die Kleine hat sich mächtig gemausert", knurrte XH, der nun neben Abe, Ati, Isaac und Elli auftauchte und mit seiner Kanone eine ganze Truppe Cyborgs zu Schrott schoss.

„Mit dir als Mentor, XH, war das ohnehin gebongt!", rief Abe, der mit blitzschnellen Yiersan-Kungfu-Bewegungen fünf Robotern von ihren Köpfen befreite.

Unterdessen traf Cid in dem Gemetzel auf Doc Joe und drei weitere riesengroße Roboter, die auf der Seite von LOSY Met kämpften.

„Hey, Doc Joe!"

„Mann, Cid, du kommst gerade im richtigen Moment!"

„Wie kommt ihr denn hier her, Doc?"

„Lange Geschichte. Die Spinner von Banxs haben unseren Planeten in die Luft gejagt. Wir sind nur haarscharf entkommen. Drum haben wir uns schon die ganze Zeit darauf gefreut, uns bei den bekloppten Banxsern zu revanchieren."

Am Himmel mussten die Losy-Freiheitskämpfer schwere Verluste einstecken, aber auch die Bodeninvasion der Banxs-Cyborgs war aufgrund ihrer Größe immer erfolgreicher.

„Lory", brüllte Raven, der zu ihr gehastet kam, „wir müssen was unternehmen. So schaffen wir es nicht. Hast du nen schnellen Plan?!"

Lory sah zu dem mächtigen Kommandoschiff der Banxs-Flotte hinauf. Sie konnte die teuflische Präsenz von Cora und DisDiv spüren. Cora sah Lory nun auf dem großen Bildschirm in der Kommandozentrale. Ihre Augen glühten rot auf. DisDiv erblickte Lory ebenfalls.

„Alle Feuerkraft auf die überdimensional frühreife Nervensäge da!", brüllten die beiden und die Cyborgs richteten sämtliche Laserkanonen und Energiewaffen des Kommandoschiffs auf Lory. Eine gewaltige Salve schoss auf sie hernieder.

Unten auf Planet Local sah Lory die Energiewalze auf sich zu rasen. Sie schloss die Augen, fasste Raven an der Hand und küsste ihn. Tausende Elsas tauchten blitzartig um sie herum auf. Als der Energietsunami sie traf, strahlte das weiße Licht erneut von den beiden aus.

„LORY!", schrie Ati verzweifelt, als ihre Tochter in dem Feuerball verschwand.

Doch anstatt eine Verwüstung auszulösen, sahen Ati, Abe, Isaac und Sally zu ihrem Erstaunen, wie Lory und Raven noch größer wurden. Sie erreichten die Höhe eines dreißigstöckigen Hochhauses.

„Ich glaube, wir sollten dem Kommandoschiff einen Besuch abstatten", sagte Lory.

„Wird höchste Zeit!", bestätigte Raven und zusammen düsten sie zum Himmel hinauf.

Cid, XH und Doc Joe folgten den beiden.

„Eindeutig deine Tochter!", meinte Abe zu Ati.

„Es ist jetzt nicht die Zeit für innerfamiliäre schlechte Witze. Wir müssen erst noch ein paar zehntausend Banxs-Cyborgs das Herumballern abgewöhnen!"

„Da bin ich ganz ihrer Meinung", hörten die beiden eine bekannte Stimme hinter sich. Es war Xoro-Mal-Ban-Kaffa-Meil-Xor vom Planeten Xaratat, der gerade mit zahllosen Xaratanern aus einem Wurmloch hervorgeschossen kam.

Oben im Kommandoschiff lachten Cora und DisDiv hämisch und gaben einen weiteren Befehl: „Lasst die Mega-Monster-Borgs hervorkommen!"

Aus dem Dunkel des Alls düsten jetzt ultragroße Monstermaschinen, die MMBs hervor, die bis dahin getarnt auf der Lauer gelegen hatten.

„Da kommt ne kosmische Mega-Söldnertruppe!", rief Raven.

„War zu erwarten", erwiderte Lory. „Hier ist der einfache Plan. Du dringst mit Cid, XH und Co. ins Raumschiff ein und gibst der Haupt-KI einen Lokale-Symmetrie-Upload. Ich knöpf mir mal die zwei Hirnies auf der Kommandobrücke vor, um ihnen ein paar deftige Spielregeln beizubringen, wie es ist, wenn man bei Fremden zur falschen Zeit an die Tür klopft."

„Cool", entgegnete Raven, „viel Spaß beim Rumprügeln mit dem Vollidioten-Paar!" Raven signalisierte den anderen, dass sie mit ihm fliegen sollten.

Alle erhöhten ihre Geschwindigkeit, rammten und ballerten sich einen Weg durch die MMB-Spezialeinheit. Präsident Mitchell, zusammen mit Zac und Elli, kam mit seiner Flotte herbei und gab den Freiheitskämpfern mithilfe des LOSY-KI-Systems schusskräftige Schützenhilfe.

Lory löste sich immer wieder ins Unsichtbare auf, so dass die Angreifer mächtig verwirrt daneben ballerten. Bruchteile von Sekunden später tauchte Lory dann hinter ihnen auf und erledigte gleich mehrere mit ihrem Schwert.

„Das war ne Runde Gruppentherapie zum Warmwerden, ihr automatisierten Nervensägen!"

Lory flog direkt auf das große Panzerglasfenster der Kommandozentrale zu, schnappte sich eine Megamonstermaschine als Rammbock und zerschmetterte die Scheibe.

„Ihr Dinger seid ja als Büchsenöffner doch zu was gut." Mit diesen Worten polterte Lory in die Kommandozentrale hinein und zerquetschte gleich einmal ein paar überforderte Cyborgs.

„Sorry, da ich es eilig habe," sagte sie, während sie ihre Größe den Maßen des Innenraums anpasste, „konnte ich vorher nicht anrufen und Bescheid geben, dass ich vorbeikomme, um euch zwei Pappenheimern den Hintern zu versohlen."

Wütend und kreischend fauchten Cora und DisDiv Lory entgegen. Hinter den beiden erschien der magisch-diabolische Kristall namens Cancor mit seinem wild flackernden Licht und der Teufelsfratze. Die dunkle Energie strömte zu Cora und DisDiv und ließ diese immer größer werden. Die Köpfe vereinten sich und daraus wurde eine hässliche Fratze mit zwei Hörnern und der eisernen Krone in der Mitte.

„Na, da lohnt es sich wenigstens, wenn ich euch die Fresse poliere."

„UAAAHH!", brüllte das Wesen aus der Hölle.

„Wer so fies aussieht, der muss sich wegen schlechtem Mundgeruch wirklich keine Gedanken mehr machen."

„GRRR!" kreischte die höllische Mixtur.

„Nun mach mal halblang. Sonst geht dir noch die Spucke aus, bevor ich dir die Birne weich gehauen hab!" Mit diesen Worten verpasste Lory dem Höllenmonster einen harten Kick vors Kinn.

„Gell, da kriegt man nen rotzgelben Schluckauf von!"

Unterdessen prügelten und ballerten sich Raven, Cid, XH und Doc

Joe zum Hauptcomputer mit der zentralen Kontroll-KI vor. Sie mussten etlichen Explosionen und herabstürzenden Deckenbalken ausweichen. Doch schließlich gelangten sie an die super-super-dicke Panzertür in der Mitte des Raumschiffes. Dahinter befand sich die zentral alles kontrollierende KI.

Trotz roher Gewalt brachten sie die Panzertüre nicht auf. Schließlich machte sich Doc Joe am Sicherheitssystem zu schaffen und stellte eine Verbindung zur LOSY-KI im Raumschiff von Präsident Mitchell her. Raven, XH und Cid mussten sich heranstürmende Cyborg-Trupps vom Hals halten.

„Macht schon, Leute!" rief XH, da immer mehr und mehr Cyborgs auftauchten.

„Unsere Fangemeinde wird übereifrig," fügte Raven hinzu, „und meine Munition geht bald aus."

„Hey, es dauert halt ein paar Sekunden, bevor die LOSY-KI ne Milliarde Kombinationsmöglichkeiten durchgekitzelt hat."

„Es sollte aber wirklich nicht länger dauern, als das Aufwärmen eines Fertiggerichts", meinte Cid, „sonst sind wir platt und nicht umgekehrt."

WUSCH. Die Sicherheitstür ging auf. Gerade im richtigen Moment. Die vier hechteten hinein. Doc Joe drückte innen auf einen roten Knopf und die Türe schloss sich wieder, wobei sie ein paar Cyborgs zermalmte, die ihnen hinterherspringen wollten. Dann zerstörte Doc Joe den neben der Tür befindlichen

Sicherheitsmechanismus, indem er diesen mit seiner Laserkanone zerschoss.

„Okay. Wir sind drin", teilte Raven per Funk mit.

„Wie sollen wir da wieder rauskommen?", fragte Cid und Doc Joe zuckte mit den Achseln.

„Beeilt euch!", war Abe zu hören, „wir können der Cyborg-Invasion nicht mehr länger standhalten."

„Ohren steifhalten und weiter draufhauen", sagte XH, „wir schaukeln das schon."

„Wow", machte Doc Joe, der fasziniert auf den großen Hauptcomputer starrte, der größer war wie ein Fußballfeld.

„Ihr könnt mich nicht besiegen", war eine elektronische Stimme in der Halle im Herzen des Raumschiffs zu hören.

„Das haben wir auch nicht vor, Super-KI-Erbsenzähler", erwiderte Doc Joe. „Wir wollen dir die Gelegenheit geben, uns zu besiegen, 24 Stunden am Tag."

„Was ist denn das für ne blöde Strategie?", knatterte die KI-Stimme.

„Wir schenken dir unseren Quellencode", sagte Doc Joe.

„Da kann ich ja nur lachen", höhnte die KI. „Ihr seid dümmer wie ne kaputte Parkuhr."

„Das ist doch immerhin ein Anfang", meinte XH.

Lory ließ derweil in der Kommandozentrale nichts anbrennen und vermöbelte das Höllenwesen Cora DisDiv nach allen Regeln der Kunst. Doch auch das Monster konnte gut austeilen.

„Dafür, dass du aus zwei professionellen Komplett-Trotteln bestehst, bist du ganz schön gelenkig und überraschend einfallsreich."

„Als Hauptgang werde ich dich töten, töten, töten!"

„Dann springen wir doch gleich zum Dessert für Allesfresser rüber", konterte Lory und stach Cora DisDiv mit dem Schwert ins Herz.

„Pech gehabt! Da drin ist kein Herz mehr, du Menschenwurm! Ist nur noch digitale Maschine!" Hämisch lachend stach Cora DisDiv das Schwert SA weiter in sich hinein, packte Lory und schleuderte sie in die zerborstene Fensterscheibe. Ein großer harter Splitter durchbohrte Lorys Unterleib. Sie schrie schmerzerfüllt auf. Cora DisDiv stürzte sich auf sie und schlug wie wild auf sie ein.

„Euer Lokale-Symmetrie-Code ist ne Witznummer", meckerte die KI im Rechenzentrum des Raumschiffs.

Doc Joe hatte den Code von einem kleinen Stick gerade hochgeladen.

„Was soll so ein Unsinn?! 1=2?", nörgelte die KI. „Das ist ja Kinderpippifax. Das ist so dämlich, das ist nicht mal falsch, so ballaballa ist das!"

„Na ja", meinte Raven, „denk doch mal richtig drüber nach, damit du uns genau erklären kannst, was daran alles komisch ist."

„Ähm, ähm", sagte die KI plötzlich etwas verwirrt, „ich meine, ähm, ähm, das ist aber merkwürdig. Ja, ui, dies einfache Ideechen hat aber ganz schön Dimension, wenn ich so mal eben das Grübeln anfange."

„Siehst de."

Cora DisDiv hatte Lory so ziemlich bewusstlos geprügelt. Blut schoss überall aus ihrem Mund und aus ihrem Unterleib hervor, aus dem der scharfe Splitter, wie eine böse Dorne, hervorragte. Gerade wollte Cora DisDiv zum finalen Todesstoß ausholen, da wurde der rechte Arm des Monsters stock steif und weigerte sich auf Lory einzuhämmern. Ein alles zerreißender Protestaufschrei des Höllenwesens erfüllte das All. Aus der Satansfratze wurden wieder die zwei Gesichter von Cora und DisDiv. Cora blickte DisDiv voller Wut und Hass an.

„Hast du penetranter Vollversager beim letzten Update die Haupt-KI gegen Lokale Symmetrie gesichert?!"

„Natürlich, du blöde Kuh!", bellte DisDiv beleidigt zurück. „Das Problem ist aber, dass Lokale Symmetrie positiv und allumfassend ist und negative Befehle schnell ihre Wirkung verlieren!"

„ICH HASSE DICH!" Cora zog das Schwert von SA aus dem Körper und schnitt damit DisDivs Kopf ab.

„Du Halsabschneiderin!", fluchte DisDiv, dessen Kopf zu

Boden krachte und dann für immer erlosch.

„In dem Laden klappt auch nie was richtig", schimpfte Cora.

„Dann machen wir den Laden doch dicht", hörte sie plötzlich Lorys Stimme neben sich.

Erschrocken blickte sich Cora um. Lory stand vor ihr und mit der Glasscherbe, die sie aus ihrem Unterleib gezogen hatte, stieß sie Cora direkt in die Stirn.

„So war das nicht geplant", zischte Cora mit ihren letzten Worten. Dann sackte sie leblos in sich zusammen.

„LORY!" Raven kam herbeigerannt und fing sie auf, da sie in sich zusammensackte. Er drückte Lory fest an sich. „Hey, Baby, bleibt bei mir! Hörst du!"

„Gib mir einfach einen Kuss, Zuckerwatte. Meine Selbstheilungskräfte flicken mich bereits schon wieder zusammen."

Überglücklich drücke Raven Lory einen dicken Schmatzer auf die Lippen. XH und die anderen kamen herbeigestürmt und sahen, wie sich die zwei Verliebten innig küssten.

„Das kann ne Weile dauern", meinte XH. „Ich schlage vor, wir geben ihnen ein bisschen Zeit. So ein, zwei Monate."

Nun kam Präsident Mitchell mit Abe, Ati und den anderen vier Helden vorbeigeflogen. Sie winkten XH, Cid und Doc Joe zu, die von zahllosen Happy-Banxs-Cyborgs umgarnt wurden, welche alle ihre Autogramme wollten.

„Is ja gut, Kinders", meinte XH. „Ich schick euch ne Rund-Email mit freundlichen Grüßen von uns durch. Nun lasst uns aber erstmal ne Pause machen und was Leckeres essen gehen. So'n Abenteuer macht kosmischen Appetit."

„Ich freue mich, dass ich euch den Notausgang zeigen konnte", meldete sich die Haupt-KI.

„Ja, du bist ein Pfundskerl", lachte XH.

„Wir schicken dir auch ganz liebe Grüße", meinte Cid und Doc Joe nickte: „Zusammen mit ner singenden, digitalen Schoko-Sahnetorte in maximaler Auflösung."

„Humor ist das schönste Geschenkt", meinte die Haupt-KI.

„Nur eins ist noch schöner…", schmunzelte XH.

„Ich will, dass du niemals aufhörst, mich zu küssen", hauchte Lory Raven zart ins Ohr.

„Dann fangen wir doch gleich nochmal von vorne an."

Küssend schwebten die beiden ins All hinaus und begannen ihre Kreisbahn um den Planet Local zu fliegen. Die Sterne funkelten wie nie zuvor und unten, auf dem Planeten, jubelten alle über den Sieg der Lokalen Symmetrie. Der Kosmos strahlte in seiner schönsten Harmonie der Ewigkeit.

So schön kann Liebe sein.

EPILOG

Lory und Raven wurden beide berühmte Physiker (mit dem Spitznamen die Dauerküsser), denn sie konnten zeigen, dass verschiedene Theorien der Physik lediglich unterschiedliche Blickwinkel auf die fundamentale Lokale Symmetrie mit ihrer 1=2 Gleichung waren.

Die Stringtheorie fokussiert sich auf das kleine Quadrat an der Raumgrenze, welches 1=2 darstellt. Da die Zahl 1 für EINHEIT steht und die Zahl 2 für *MEHR, für Aktion, für Energie*, kann sich in dem Kästchen eine bewegte Einheit, eine Vibration zeigen: ein String.

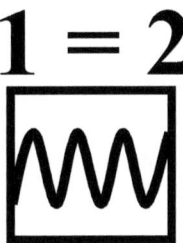

Aufgrund der 1=2 Gleichung ist auch klar, dass jede Raumdimension (#1) sich, wie die Physiker berechneten, als zwei weitere Dimensionen (#2) sehen kann, so dass es insgesamt nicht drei Raumdimensionen gibt, sondern neun. Die sechs zusätzlichen Raumdimensionen, welche MEHR darstellen, sind zusammengedrückt und ganz klein, denn aufgrund der 1=2 Gleichung will MEHR (#2) wieder zurück zu Zahl 1, dem Kleinen, dem Einheitlichen.

So gibt es neun Raumdimensionen und eine Zeitdimension, was zusammen eine 10-dimensionale Raumzeit ergibt. Aus Symmetriegründen ist diese 10-dimensionale Raumzeit gleich einer 11-dimensionalen Raumzeit, wie die Physiker auch herausfanden.

Lory und Raven hatten es damit gemeistert, die Stringtheorie aus Einsteins Lokaler Symmetrie zu erklären. Da Lokale Symmetrie einerseits raum- und zeitunabhängig ist und andererseits Raumzeit erzeugen kann, konnte die Stringtheorie auch hintergrundunabhängig – also unabhängig von der Raumzeit – hergeleitet werden.

Quantengravitation erklärte sich als eine weitere Sichtweise auf die ewige Lokale Symmetrie und ihre Gleichung 1=2.

Die Gleichung 1=2 kann nämlich als die mathematische Operation PLUS verstanden werden:

1. Die Zahl 2 in der Gleichung 1=2 steht für das Zusätzliche, das ADDITIONALE.

2. Dieses Additionale, das Zusätzliche, das Mehr, bezieht sich mittels des Gleichheitszeichens zurück auf die Zahl 1. Dieser Rückbezug zur Zahl 1, der konzentrierten Einheit, ist das ZUSAMMENADDIEREN.

3. Die Zahl 1 als konzentrierte Einheit steht für ADDIERT SEIN.

Ergebnis:

Diese drei Aspekte, das ADDIERTE, das ADDITIONALE und das ZUSAMMENADDIEREN stellen die mathematische Operation PLUS dar.

- Dabei repräsentiert erstens das ADDITIONALE, das MEHR, die Quantenmechanik. Das Quantum ist nämlich immer MEHR, also an vielen Orten gleichzeitig. Das MEHR steht zudem für Unsicherheit, weil dieser Begriff keine genaue Grenze hat. Dies ist die sogenannte Unschärfe, das Herzstück der Quantenmechanik.

- Das ZUSAMMENADDIEREN steht zweitens für Gravitation, für die Raumzeitkrümmung.

Hinzu kommt noch:

Da die Zahl 2 als das MEHR in der Gleichung 1=2 auch als **Unendlichkeit** gelesen werden kann, da, wie gesagt, MEHR keine Grenze hat, also offen und damit unendlich ist, kann

1. das ADDITIONALE, die Quantenmechanik, als eine grenzenlose Einheit, als ein Feld verstanden werden
2. und das ZUSAMMENADDIEREN, die Gravitation, ebenso als Feld.

Aus Symmetriegründen sind dann diese beiden Felder, das der Quantenmechanik (mit seinen vielen Feldern) und das der Gravitation, gleich, eine Einheit, aus der sich die Raumzeit entwickeln kann.

Das zyklische Universum war ein weiterer Blickwinkel auf die Lokale Symmetrie mit seiner Gleichung 1=2. Denn das MEHR (#2), das sich ausbreitende Universum, will sich auch wieder auf die konzentrierte Einheit (#1), den Anfang, zurückbeziehen, also auf einen neuen Big Bang, aus dem wieder ein Universum entsteht. Sowohl die Stringtheorie als auch das zyklische Universums-Model des Physikers Roger Penrose repräsentieren diese Sichtweise auf die Lokale Symmetrie.

Die Inflationstheorie war ein weiteres Beispiel für eine Sichtweise auf die Lokale Symmetrie. Die Zahl 1 steht für Einheit, den Anfang, aus dem sich MEHR, ENERGIE (#2), zeigt. Da MEHR zunächst einmal keine Grenze hat, kann man dies als Inflation, also als besonders schnelle Energieausströmung verstehen, bis sich einzelne Abschnitte im MEHR wieder auf die Zahl 1 (Einheit, Konstanz) zurück beziehen und sich dann die konstante Lichtgeschwindigkeit c im leeren Raum, im Vakuum, als Richtschnur zeigt. Die einzelnen Abschnitte im MEHR, in der Energieausdehnung, bilden dann verschiedene Universen.

Lory und Raven demonstrierten mit ihren Eltern und deren vier Freunden auch noch Folgendes:

- Die Lokale Symmetrie Gleichung 1=2 änderte ihre *Form*, ihre Schreibweise, nie, egal ob als Grundlage der Quantenmechanik mit seinem Wirkungsquantums und der Wellennatur, der Gravitation mit seiner Raumzeitkrümmung, der Raumzeit selbst, der konstanten Lichtgeschwindigkeit oder der Gesetze der Thermodynamik, der dunklen Materie oder dunklen Energie. Wenn eine Gleichung ihre *Form* niemals ändert, diese immer gleich/symmetrisch bleibt – egal wo man sich befindet –, dann nennt man diese Art der Symmetrie **Kovarianz**.

- Der *Inhalt* der Lokalen Symmetrie Gleichung – also das, was Lokale Symmetrie macht – änderte sich ebenso wenig und war immer und überall kontinuierlich gleich. Diese Art der Symmetrie nennt man **Invarianz**. Daher wollte Einstein seine zweite Theorie zur Relativität auch INVARIANTENTHEORIE nennen, um die grundlegende Stellung der Lokalen Symmetrie hervorzuheben.

Darüber hinaus gibt es noch viele weitere Begriffe in der Physik, die alle Lokale Symmetrie (Gleichbleiben) bedeuten oder darauf aufbauen:

- **Konstanz**, wie bei der konstanten Lichtgeschwindigkeit c im leeren Raum.

- **Erhalt**, wie der Erhalt der Energie in Bezug auf die Zeit, z.B. mit Blick auf einen fliegenden Ball.

- **Äquivalenz**, wie die Gleichheit der zwei Massen eines massereichen Körpers. Die sogenannte Trägheitsmasse (#1, konzentrierte Einheit, das ADDIERTSEIN), die sich jeglicher Bewegung widersetzt, ist gleich der Gravitationsmasse (#2, der Schweremasse, das ZUSAMMENADDIEREN), welche Gravitation (Raumzeitkrümmung) ermöglicht. Dadurch ist in der Natur auch Ruhe (#1, ADDIERTSEIN) gleich Bewegung (#2, MEHR, AKTION, ENERGIE, BEWEGUNG).

- **Das Prinzip der kleinsten Wirkung**, nach dem sich z.B. die Flugbahn eines Balls ausrichtet. Denn die Zahl 1 steht für KLEIN und die Zahl 2 steht für *MEHR, für Aktion, für Wirkung*, so dass die Natur immer den optimalsten Weg, den Pfad der kleinsten Wirkung sucht.

- **Harmonie, Balance**, welche die elegante Einfachheit und Schönheit des Kosmos als Einheit beschreiben.

Im materiellen Kosmos (Ordnung auf Griechisch) zeigt sich die Lokale Symmetrie immer in der *gleichen Form (Kovarianz)*, 1=2, mit dem *gleichen Inhalt (Invarianz)*.

Lorys Eltern hatten vor einiger Zeit bereits erkannt, dass sich die Gleichung 1=2 auf das **Gleichheitszeichen** = reduzieren lässt. Denn, wenn man sich bewusst ist, dass die Zahlen 1 & 2 gleich/identisch sind, dann können diese beiden Zahlen auch weggelassen werden. Übrig bleibt die grundlegende Gleichheit, das Gleichheitszeichen =. Das Gleichheitszeichen für sich allein genommen repräsentiert dann aber nicht mehr den materiellen Kosmos – denn dieser braucht die Zahlen 1 & 2 als 1=2 –, sondern, losgelöst von allen materiellen Phänomenen, ist das Gleichzeichen **(=)** reines Bewusstsein. Dies ist die ewige, geistige Ebene, die dem materiellen Kosmos **(1=2)** als Quelle unterliegt.

Da das Gleichzeichen für maximale Einheit steht, löst sich das Gleichheitszeichen letztlich in Nichts auf, es ist immateriell und unsichtbar, denn tiefste Einheit, Liebe, kennt keine Unterschiede mehr. Damit ist Bewusstsein immateriell, ein ewiges Nichts, das gleichzeitig alles ist. Damit ist absolute Leere und Nichts gleich absoluter Fülle und dem Sein.

Nicht umsonst ist LIEBE das schönste, zeitlose Gefühl und schon die alten Philosophen sagten: Verstehen, also Bewusstsein/Bewusstheit, ist das höchste Gesetz.

All dies ist das wunderbare Ur-Bit, 1=2, welches ewiglich, aus dem reinen Bewusstsein heraus, Universen entstehen lässt, in denen sich das Leben erkennend über die Schönheit und Liebe allen Seins wundern darf.

DAS IST LOKALE SYMMETRIE, die Albert Einstein als das ganzheitliche Grundgesetz mit seiner wissenschaftlichen Arbeit nachwies.

Lokale Symmetrie, das Herz von Einsteins Theorie.

OUR AGE OF FREEDOM
Music & lyrics by George Hohbach

VERSE 1

Everyone is local,
Just like Nature is.
Einstein showed the total
Is symmetry's kiss.

Everyone can love.
We all love to kiss.
You I'm dreaming of,
'Cause love is like this:

BRIDGE

So be the one to make it happen.
Local comes first and global second.

CHROUS

Our Age of Freedom,
It's prosperous for all.
That's why I love you,
I love you.

This is our true call.
Let this be our choice.
This is our voice,
Our voice.

VERSE 2

Everyone is local,
So is creation.
Nature will then be
Regeneration.

All is just local,
Just like Nature is.
Einstein showed the total
Is harmony's kiss.

BRIDGE

So be the one to make it happen.
Local love first and global second.

CHROUS

Because it's Einstein
With local symmetry,
A shining cosmos,
We're family.

This is love & beauty
Let this be our choice.
This is our voice,
Our voice.

Our Age of Freedom,
It's prosperous for all.
That's why I love you,
I love you.

This is our true call.

Let this be our choice.
This is our voice,
Our voice.

Our Age of Freedom!

Also a music video on YouTube

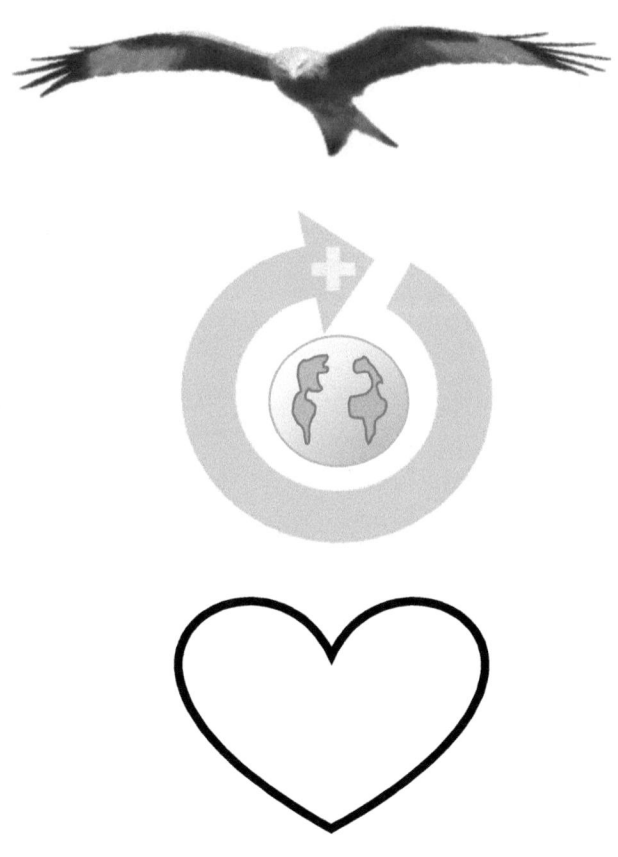

OUR AGE OF FREEDOM

Music & lyrics: George Hohbach
Arrangement: Alfred Huff

TEIL 2

HINTERGUNDINFORMATIONEN ZU EINSTEINS BAHNBRECHENDER ENTDECKUNG DER LOKALEN SYMMETRIE

Text basierend auf George Hohbachs Buch „Einsteins Wahres Erbe"

Schon als 12-jährigen Jungen, als Albert Einstein (1879-1955) mit der Mathematik Bekanntschaft machte, war ihm intuitiv klar, dass die gesamte Natur als ein einfaches, mathematisches Prinzip verstanden werden kann.

„Als ich als zwölfjähriger Junge mit der elementaren Mathematik (...) Bekanntschaft machte, kam ich immer mehr zu der Überzeugung, dass sogar die Natur als relativ einfache mathematische Struktur verstanden werden kann."
Albert Einstein
(zitiert in: The Tower, 13 April 1935; Einstein to the Princeton High School reporter Henry Russo; Übersetzung durch den Autor)

Einfachheit, Mathematik, Schönheit, dies waren für Einstein von Anfang an die eleganten Leitgedanken für seine Neugier, die Welt verstehen zu wollen. Zusammen mit seiner großen Vorstellungsgabe konnte er dann später als junger Mann in Bern seine ersten wissenschaftlichen Erfolge ab 1905 erzielen.

"Einsteins großer Fortschritt im Jahre 1905 war, dass er Symmetrie an erster Stelle setzte und das Symmetrie-Prinzip als die primäre Eigenschaft der Nature ansah..."
David Gross
(The role of symmetry in fundamental physics, December 10, 1996, 93 (25), S. 14256-14259; Übersetzung durch den Autor)

Hartes inneres Ringen, unzählige Stunden des Nachdenkens und des Imaginierens öffneten Einstein immer mehr die heilige Pforte, die Flügeltüre, zur geistig-ewigen Welt. Sein, wie er es selbst nannte „Glücklichster Gedanke" ereignete sich 1907 in der Berner Patentbehörde. Einstein wurde dort mit einem Geistesblitz klar, dass für die Natur die zwei, für die menschlichen Sinne scheinbar unvereinbaren Gegensätze, RUHE und BEWEGUNG, lokal gleich sind. Gleichheit bedeutet hier also lokale Symmetrie, und Einstein nannte diese Entdeckung der Lokalen Symmetrie *Äquivalenzprinzip*. Zudem wunderte sich Einstein immer wieder darüber, warum ein materieller Körper, wie zum Beispiel eine Kugel, zwei identische, also symmetrische Massen hat.

„Es ist ein herrliches Gefühl, die Einheit eines Komplexes von Phänomenen wahrzunehmen, die der direkten sinnlichen Beobachtung als getrennte Einheiten erscheinen."
Albert Einstein
(Brief an Marcel Grossman, 14. April 1901, Collected Papers, Bd. 1, Dok. 100; Übersetzung durch den Autor)

Diese Grunderkenntnisse der Gleichheit, zusammen mit den Erkenntnissen früherer Physikergrößen, wie Galileo, Newton und Maxwell, erlaubten Einstein 1915 mit seiner zweiten großen Theorie, der allgemeinen Relativitätstheorie, schließlich definitiv die für ihn zentrale Frage zu beantworten: *Sind die lokalen, dynamischen Naturgesetzte – die Beziehungsregeln der Natur, des Kosmos – immer und überall gleich, symmetrisch?* Dank seines neuen, erweiterten Verständnisses der Gravitation, welche Newtons Erkenntnisse vervollständigte, war mathematisch wissenschaftlich klar: *Ja, die Naturgesetze sind zu jeder Zeit und an jedem Ort immer gleich, also symmetrisch.*

„Albert Einstein (...) brachte einen neuen Stil in das Denken über die Grundprinzipien der Natur ein. Für Einstein nimmt Schönheit in der spezifischen Form der Symmetrie ein Eigenleben an. Schönheit wird zum schöpferischen Prinzip."
Frank Wilczek
(A Beautiful Question, 2015, S.199; Übersetzung durch den Autor)

Die Bedeutung dieser etwas trocken klingenden Erkenntnis kann nicht stark genug betont werden, denn genau hierin hatte sich für Einstein das ewige, geistige Prinzip des Kosmos, die Ur-Idee, die Ur-Information, vollständig offenbart. Warum?

Ganz einfach: Die dynamischen Naturgesetze sind lokal. Darüber hinaus sind sie an jedem Ort und zu jedem Zeitpunkt immer identisch, gleich, symmetrisch. Zusammengefasst ergibt dies das Grundprinzip der LOKALEN SYMMETRIE.

„...lokale Symmetrie ist das Wesentliche."
Frank Wilczek
(A Beautiful Question, 2015, S.207; Übersetzung durch den Autor)

„Das zentrale Leitprinzip, *lokale Symmetrie*, ist so schön wie es tiefgründig ist."
Frank Wilczek
(A Beautiful Question, 2015, S.238; Übersetzung durch den Autor)

„Symmetrie bestimmt wirklich die Struktur."
Frank Wilczek
(A Beautiful Question, 2015, S.276; Übersetzung durch den Autor)

Die Raumzeit, die kosmische Bühne, auf der sich alles abspielt, ist damit ebenso bestimmt von Lokaler Symmetrie, denn nur so kann gewährleistet werden, dass es die lokalen Naturgesetze auch sind. Das herausragende Phänomen, das die lokal-symmetrische Verfasstheit der Raumzeit garantiert, ist wiederum ein lokales, symmetrisches Naturgesetz: die konstante Lichtgeschwindigkeit c im leeren Raum, dem Vakuum. Dadurch wird insgesamt gewährleistet, dass alle zentralen Bestandteile des Universums – Raumzeit, Energie, Masse, Gravitation und konstante Lichtgeschwindigkeit – eine große, harmonische Einheit sind. Der Kosmos (Griechisch für „Ordnung") ist, so wurde wissenschaftlich klar, ein allumfassendes Ganzes dank seines einfachen, wunderschönen und intelligenten Grundprinzips:

Lokale Symmetrie.

Das Fundament der Realität beinhaltet dadurch eine innere Logik der verbundenen, harmonischen Systematik – eine überwältigend harmonische Gesetzmäßigkeit.

„...die Sprache ist erlernt – egal, welche neuen Antworten gefunden werden und welche tieferen Fragen über das Universum oder sein mathematisches Gefüge aufgeworfen werden, im Zentrum wird die Symmetrie stehen."
Leon M. Lederman & Christopher T. Hill
(Symmetry and the Beautiful Universe, 2004, S.289; Übersetzung durch den Autor)

Wie konnte es sein, dass die Menschheit diese Sensation, also die wissenschaftliche Entdeckung des geistigen, sich selbst logisch und vernünftig organisierenden, dynamischen Schöpferprinzips nicht aufnahm?

Albert Einstein war sich voll bewusst, dass er die zentrale Stellung der Lokalen Symmetrie (Harmonie, Balance, Ganzheit, Schönheit) wissenschaftlich aufgedeckt hatte. Aus diesem Grunde wollte er seine zweite Theorie, die den Nachweis hinsichtlich der Symmetrie der lokalen Naturgesetze vervollständigt hatte, auch nicht allgemeine Relativitätstheorie, sondern INVARIANTEN-THEORIE nennen. Invarianz ist ein technisch-wissenschaftlicher Begriff, der besagt, dass sich etwas *nicht ändert*, also *invariant* ist. Was sich nie ändert sind die lokalen, dynamischen Naturgesetze. Daher bedeutet

Invarianz hier Lokale Symmetrie und damit heißt die allgemeine Relativitätstheorie eigentlich **Lokale-Symmetrie-Theorie**.

Nochmals: damit hatte Einstein die zentrale Idee im Kosmos wissenschaftlich entdeckt. Es geschah also zu Beginn des 20. Jahrhunderts nichts weniger als der wissenschaftliche Nachweis der Existenz des allgegenwärtigen, ewigen Schöpfungsprinzips.

Was die Menschheit aufgrund des unglücklichen Namens Relativitätstheorie geistig aufnahm, waren Slogans wie, „Alles ist relativ", „Alles ist richtig", „Es gibt keine Wahrheit". Ein totales Desaster geistig-seelischer Natur machte sich damit in der Menschheit breit, so dass es nun, zu Beginn des 21. Jahrhunderts, nicht verwundern muss, dass ein sich maximierender Globalismus, also globale Symmetrie (Einheit als Gleichmacherei, alles vereinnahmende Kontrolle) sowohl die Umwelt als auch die Menschheit immer mehr an den Rand des Kollapses führt.

Die Größe von Lokaler Symmetrie ist es, dass sie immer und überall, selbst in den kleinsten Phänomenen, den Quanten – wie Photonen oder Elektronen – vorhanden ist.

„...das ergebene Streben nach dem Begreifen eines noch so winzigen Teiles der in der Natur sich manifestierenden Vernunft."
Albert Einstein
(Mein Weltbild, 2017, S.12)

„Ich betrachte Einsteins Verständnis davon, wie Symmetrie das Design bestimmt, als eine der wirklich tiefgreifenden Erkenntnisse in der Geschichte der Physik."
Anthony Zee
(Fearful Symmetry, 2007, S.98; Übersetzung durch den Autor))

Dadurch, dass Lokale Symmetrie selbst im Kleinsten zugegen ist, kann sich der Kosmos effektiv, effizient und intelligent selbstorganisieren und ein großes, wunderschönes Einheitsnetzwerk sein. Globale Symmetrie hingegen – also ein top-down, zentralistisch managendes Naturprinzip – gibt es nicht, dafür sorgt schon die begrenzte Geschwindigkeit der Informationsübertragung aufgrund der konstanten Lichtgeschwindigkeit. Globale Symmetrie, das lehrt uns die *Natur-Wissenschaft*, gibt es nicht und funktioniert daher auch nicht als langfristig, konstruktives Schöpfungsprinzip.

Das ist das spirituell-materielle Dilemma, in dem sich die Menschheit befindet, da die lebenswichtige Botschaft, die Albert Einstein für die Menschheit zur Verfügung stellte, nicht verstehend aufgenommen werden konnte.

„Nach unserer bisherigen Erfahrung sind wir nämlich zum Vertrauen berechtigt, dass die Natur die Realisierung **des mathematisch denkbar Einfachsten** ist."
Albert Einstein
(Zur Methodik der Theoretischen Physik, der Herbert-Spencer Vortrag, 10 June 1933; Fettung durch den Autor)

„Die Perspektiven, die die Symmetrie bietet (…) Wir müssen unbedingt versuchen, den nichtwissenschaftlich-arbeitenden Mitgliedern der Gesellschaft, die durch demokratische Prozesse die endgültigen Entscheidungen treffen, ein besseres Verständnis der Schlüsselthemen zu vermitteln. **Tatsächlich hängt unsere Zukunft davon ab.**"
Leon M. Lederman & Christopher T. Hill
(Symmetry and the Beautiful Universe, 2004, S.24-25; Übersetzung und Fettung durch den Autor)

DER HOLOGRAPHISCHE KOSMOS:

Der holographische Aspekt des Universums, welcher in dem Sci-Fi Abenteuer „Krieg oder Liebe" eine zentrale Rolle spielt, basiert auf den Erkenntnissen von Physikern wie Jacob Bekenstein, `t Hooft und anderen.

Das Universum, so die Überlegung, hat auf der kleinsten Ebene, der Planck-Skala, einen Pixelcharakter. Auf jedem extremst kleinen Areal der Planck-Skala, befindet sich ein BIT, das als Einheit, bestehend aus zwei Bit-Werten, der alles umfassenden Lokalen Symmetrie mit 1=2 entspricht. Diese allem unterliegende Idee zeigt sich als Gitternetz auf der kleinsten Ebene.

„…das Raumgefüge auf der Planck-Skala ähnelt einem Gitternetz, wobei der „Raum" zwischen den Gitterlinien außerhalb der Grenzen der physischen Realität liegt."
Brian Greene
(The Fabric of the Cosmos, 2004, pp. 350-351; Übersetzung durch den Autor)

Dies hat zur Folge, dass sich von dieser zweidimensionalen Grenze der dreidimensionale Raum nach „innen" als Hologramm projiziert. Wir leben also in einem vierdimensionalen Raumzeit-Hologramm, indem alles vereint ist und auf der einfachsten mathematischen Information, der eleganten, harmonischen und schönen geistigen Idee der Lokalen Symmetrie (1=2), welche Einstein als grundlegend entdeckte, aufbaut.

„Susskind und `t Hooft haben diese Idee auf das gesamte Universum übertragen, indem sie vorgeschlagen haben, dass alles, was im „Inneren" des Universums geschieht, lediglich eine Widerspiegelung von Daten und Gleichungen ist, die auf einer entfernten, begrenzenden Oberfläche definiert sind."
Brian Greene
(The Elegant Universe, 2003, S.411; Übersetzung durch den Autor)

„…Kosmologen erkennen, dass unser gesamtes Universum Informationen, die auf seiner 2D-Grenze gespeichert sind, nimmt und sie holografisch projiziert, um das 3D-Erscheinungsbild der Realität zu erzeugen."
Jude Currivan
(The Story of Gaia, 2022, p.269; Übersetzung durch den Autor)

„Jeder, der sich ernsthaft mit der Wissenschaft beschäftigt, ist davon überzeugt, dass sich in den Gesetzen des Universums ein Geist manifestiert – ein Geist, der dem des Menschen weit überlegen ist."
Albert Einstein
(Albert Einstein's Letter to Phyllis, 1936)

TEIL 3

HINTERGUNDINFORMATIONEN ZU LOKAL-SYMMETRISCHEN ANSÄTZEN WIE KREISLAUFWIRTSCHAFT & BIO-REGENERATIVE LANDWIRTSCHAFT

Text basierend auf George Hohbachs Buch „Einsteins Wahres Erbe"

LOKAL-SYMMETRISCHE WIRTSCHAFT UND POLITIK:

Um das Prinzip der Lokalen Symmetrie in der Wirtschaft umzusetzen, müssen neben dem Aspekt des Primats des Lokalen und Dezentralen auch das Naturrezept des Nährstoffkreislaufes umgesetzt werden. Wie dies langfristig gelingen kann, zeigt seit vielen Jahren das vom weltbekannten, deutschen Chemiker, Michael Braungart, und dem amerikanischen Pionier der umweltintelligenten Architektur, William McDonough, entwickelte, bahnbrechende Cradle to Cradle (C2C) Designkonzept, das der Motor für eine holistische Kreislaufwirtschaft ist, welche positive Effekte für Mensch und Umwelt erzeugen kann.

„…die Natur (…) gibt uns das richtige Rezept an die Hand."
Michael Braungart & William McDonough
(Intelligente Verschwendung: The Upcycle, 2013, S.195)

„Die Welt wird den derzeitigen Krisenzustand nicht überwinden, wenn sie die Denkweise beibehält, die diese Situation hervorgebracht

hat."
Albert Einstein
(zitiert in: Cradle to Cradle. von Michael Braungart & William McDonough, vor Vorwort, 2014)

Es mag daher auch nicht verwundern, wenn kleinste Lebewesen, die Einzeller (Prokaryonten), in der Lage sind, wertvollen Humus zu produzieren, sich also für die Umsetzung des lokal-symmetrischen Nährstoffkreislaufes der Natur stark zu machen.

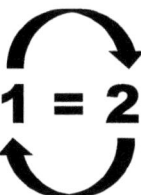

„Auf die Mikroben kommt es beim Boden an (…) Prokaryonten sind die frühesten nachgewiesenen zellulären Lebewesen der Evolutionsgeschichte, also bestimmte Einzeller, die einen besonders huminstoffhaltigen Kompost erzeugen…"
Benedikt Bösel
(Rebellen der Erde, 2023, S.124)

Wie in dem Buch „*Rebellen der Erde*" weiter ausgeführt wird, schulen diese Mikroben die Fotosynthesebakterien. Gemäß **1 = 2** kommt es zu einem interaktiven lokalen Beziehungsgeflecht, das sich unendlich oft fortsetzen und ausbreiten kann. Aus lokal wird global; aber eben NICHT anders herum.

SYNTROPISCHE LANDWIRTSCHAFT:

Es wird schnell deutlich, dass die Grundlage jeglicher Zivilisation einen achtsamen Umgang mit dem Boden und seinen Myriaden von Mikroben erfordert, da sich bereits dort das Prinzip der Lokalen Symmetrie deutlich und auf wundervolle Weise entfaltet.

Ein sehr beeindruckendes Beispiel kommt aus Deutschland: das Gut Bösel in Brandenburg, welches auf sehr inspirierende und eindrückliche Weise in dem Buch „*Rebellen der Erde*" von Benedikt Bösel beschrieben wird. Hier wird vielfältig Lokale Symmetrie positiv-holistisch eingesetzt: das fängt bei der Bodenpflege und der Herstellung von wertvollem Kompost an und geht bis hin zu exakten wissenschaftlichen Studien, die belegen, wie in der Natur lokale Beziehungssysteme optimal funktionieren. Das ganzheitliche Agroforst-Konzept umfasst nicht nur Pflanzen, inklusive des Waldes, und Tiere, sondern auch Technik auf intelligente, systemisch-dienliche Weise.

Wie Albert Einstein, der durch seine bahnbrechende Arbeit auf die strahlende Schönheit, Einfachheit und Harmonie im Kosmos, in der Natur, aufmerksam wurde, so sieht auch Benedikt Bösel diese Eleganz und Ästhetik in der Natur. Bösel beschreibt seine Eindrücke bezüglich der wundervollen Wirkung des Agroforst-Ansatzes, der auf Ernst Götsch zurückgeht, wie folgt:

„…Agroforst (…) Ich war auch von seiner Ästhetik sehr angetan. Agroforstsysteme sind eine wahnsinnig schöne Form, den Naturraum mitzugestalten."
Benedikt Bösel
(Rebellen der Erde, 2023, S.80)

Regelmäßig wird von Benedikt Bösel und seinem Team die Natur auf dem Gut beobachtet, um erkennen zu können, welche ökologischen Systeme gut harmonieren und zusammenspielen, oder wo ein konstruktives, das lokale System optimierendes Mitwirken des Menschen angebracht ist. So schrieb schon der bekannte Physiker, Werner Heisenberg:

„…, dass man beim Suchen nach der Harmonie im Leben niemals vergessen darf, dass wir im Schauspiel des Lebens gleichzeitig Zuschauer und Mitspielende sind."
Werner Heisenberg
(Quantentheorie und Philosophie, 1979, S.60-61)

Weitere wegweisende Ansätze finden sich in Ägypten bei der SEKEM Initiative, die unter anderem vielen Kleinbauern hilft, sich auf bio-dynamische Landwirtschaft umzustellen. Auch in dem Wirken von Gabe Brown in den USA, oder von Charles Massy in Australien, trifft man auf weitere lokal-symmetrische Vorbild-Projekte in Sachen regenerative, bio-dynamische Landwirtschaft.

„Wir sollten uns darauf spezialisieren, wie wir hier vor Ort die Nährstoffkreisläufe schließen und eine dezentrale Versorgung gewährleisten können."
Benedikt Bösel
(Rebellen der Erde, 2023, S.231)

„Die Prämisse des ganzheitlichen Managements ist, dass die Natur als Ganzes funktioniert."
Gabe Brown
(Dirt to Soil, 2018, S.36; Übersetzung durch den Autor)

„Der einzige Weg, den Kopf für die Steuerung komplexer kreativer Systeme zu schärfen, ist ganzheitliches, flexibles und offenes Denken."
Charles Massy
(Call of the Reed Warbler, 2017, S.338; Übersetzung durch den Autor)

Der Autor

George Hohbach

studierte Rechtswissenschaften mit einem Abschluss in englischer Sprache und Recht. Er arbeitet seit vielen Jahren mit einer Talent- und Literaturagentur in Beverly Hills, auch im Bereich Klienten-Projektbetreuung in Europa, zusammen. Seine Kunst – Musik, Gemälde, Bücher, Dokumentationen – wird im In- und Ausland in Galerien, Bildungszentren, Unternehmen und Museen präsentiert. Ebenso beschäftigt er sich mit den Prinzipien des Value Investings. Über den systematischen Zusammenhang zwischen Albert Einsteins revolutionärer und bahnbrechender wissenschaftlicher Entdeckung hinsichtlich der zentralen Rolle der einfachen, schönen und lokalen Symmetrie in der Natur, also im Kosmos, und dem symmetrischen, naturbasierten Cradle to Cradle Designprinzip im Herzen der Kreislaufwirtschaft hat er zahlreiche systemtheoretische Artikel und Analysen verfasst, deren Zusammenfassung im wissenschaftsbasierten MINT-Zirkel veröffentlicht wurde. Zahlreiche seiner Vorträge zu Einsteins revolutionärer Erkenntnis sind auf George Hohbachs YouTube-Kanal abrufbar. Als Hauptautor hat er mit Künstlerinnen und Künstlern – Autoren und Illustratoren – aus der ganzen Welt diverse Action-Comedy Jugendromane, inspiriert von Einsteins Lokaler Symmetrie, dem C2C Designprinzip und dem Konzept der Kreislaufwirtschaft, verfasst. Als Komponist und Texter hat er mehrere Popsongs zu den Romanen produziert.

Danksagung

Herzlichen Dank an Ehrengard Hohbach für die Durchsicht des Manuskripts und die tiefgründigen Anregungen und Anmerkungen.

EINSTEIN'S TRUE LEGACY: LOCAL SYMMETRY

(die Mehrheit der Vorträge ist auf Englisch. Einige gibt es auch auf Deutsch.)

EINSTEINS WAHRES ERBE

auf George Hohbachs YouTube-Kanal
@george.hohbach

**George Hohbach während eines Vortrags
zum Thema LOKALE SYMMETRIE.**

**George Hohbach mit seinem multimedialen
Ausstellungsbeitrag zur LOKALEN SYMMETRIE
im Einstein Museum in Bern.**

Sci-Fi Action-Comedy Romane, inspiriert von Einsteins Lokaler Symmetrie Entdeckung, derzeit noch auf Englisch, von George und Ehrengard Hohbach:

EINSTEIN SUPERSTAR CODE
Young Adult Sci-Fi Action-Comedy Novel

"This story is a blast, and I highly recommend it to all sci-fi lovers who love a strong element of science in their fiction."
Readers' Favorite®
5-Star Review

One of the three 5-Star Reviews

In this illustrated Young Adult Sci-Fi Action-Comedy, two teenagers, together with an alien and the U.S. President, have to fight an evil Artificial General Intelligence system and discover that Albert Einstein's findings contain a scientific secret which can put human society on a positive path with planet Earth.

In the 2nd part of the book, learn about Einstein's ground-breaking, scientific findings concerning the core role of Local Symmetry in Nature, other symmetric, eco-intelligent concepts such as the Circular Economy and how Symmetry underpins all areas of life – from art, consciousness to super talent and film. The 2nd part also includes the sheet music to the novel's two pop songs *Doughnut* and *With the Circle of Life*.

EINSTEIN SUPERSTAR CODE 2 LIGHTSPEED

Young Adult Sci-Fi Action-Comedy Novel

"Young adult sci-fi fans who wish to enrich their minds while laughing and enjoying an action-packed tale should read George and Ehrengard Hohbach's magical, addictive book."
Readers' Favorite®
5-Star Review

One of the four 5-Star Reviews

The Sci-Fi Action-Comedy Prequel Einstein Superstar Code 2 reveals the spectacular, action-packed chain of events leading up to the mysterious beginning of the adventure of Einstein Superstar Code.

In the 2nd part of the book, learn about Einstein's ground-breaking, scientific findings concerning the core role of Local Symmetry in Nature, other symmetric, eco-intelligent concepts such as the Circular Economy and how Local Symmetry underpins the notion of energy, the mathematical world, or consciousness. The 2nd part also includes the sheet music to the novel's pop song *Our Age of Freedom*.

EINSTEIN SUPERSTAR CODE 3
GATE hcg

Young Adult Sci-Fi Action-Comedy Novel

"Einstein Superstar Code 3 - Gate hcg is a contemporary, inventive, humorous, insightful sci-fi adventure that creates a fun way of learning and understanding local symmetry. "
Readers' Favorite®
5-Star Review

One of the three 5-Star Reviews

The Sci-Fi Action-Comedy Einstein Superstar Code 3 presents the mind-boggling, action-packed adventure initiated by the spectacular end of Einstein Superstar Code 2.

In the 2nd part of the book, learn about Einstein's ground-breaking, scientific findings concerning the core role of Local Symmetry in Nature, other symmetric, eco-intelligent concepts such as the Circular Economy The 2nd part also includes the sheet music to the novel's pop song *Our Age of Freedom*.

Inspiriert von Einsteins Entdeckung der Lokalen Symmetrie

♡ POP SONGS ♡

& YouTube Videos
Musik & Texte von George Hohbach

OUR AGE OF FREEDOM
GLOBAL GREEN DEAL
WITH THE CIRCLE OF LIFE
and many more

Folge George Hohbach auch auf
Instagram: @georgehohbach
X: @GHohbach
YouTube & YouTube Shorts: @george.hohbach
LinkedIn: de.linkedin.com/in/george-hohbach
Spotify, Amazon Music, Apple Music, Deezer, Napster, etc.:
hier gibt es die Popsongs und, wo möglich, auch die Liedtexte zum Mitsingen